丸戸史明
插畫／深崎暮人

Kadokawa Fantastic Novels

彩頁／內文插畫：深崎暮人

Content

⚠ 注意　內含多數劇場版的劇透

Chapter 1

角色介紹

Character Charm

惠不像英梨梨和出海那樣會畫圖；不像詩羽那樣會寫故事；不像美智留那樣懂音樂；也不像伊織那樣熟知業界。即使如此，她仍與倫也等人相識，知曉了創作的樂趣。懷有的熱情更是不輸給他們。而且，她還對發現自己的男生，有了確切的感情——

只要倫也、只要玩家們要求，惠肯定隨時都願意擔任最棒的第一女主角。「總覺得……好為難喔。」同時還嘀咕著這一如往常的台詞。在櫻花飛舞的春日中，與命運邂逅的人，並非只有倫也。

MEGUMI'S CHARMS

CHARM 1 命運的邂逅與慘痛的爭執

惠原本對男生的理想就不高，應該說幾乎沒有要求。連倫也那些在女生看來明顯很糟糕的言行舉止，有時候似乎還是會讓她覺得欣慰，或者為之心動。如今，那份好感甚至讓惠露出了這麼少女懷春的表情……正是因為平時都反應淡定，一旦有了嬌羞時的反應，無論表情或言行都太具震撼力了！

CHARM 2 千萬不可惹她生氣

就算沒有顯露在臉上，但並不代表惠沒有情緒。既然會高興，自然也就會生氣。漆黑氣場環身，靜靜散發出怒氣的惠有多恐怖，別說倫也，連美智留和出海都會心生畏懼。縱使那是因為聽見男方跟其他女生打情罵俏而吃醋，你有膽量承受她這種看待垃圾的目光嗎（笑）！

CHARM 3 淡然反應的真相是……

即使乍看下性情隨和又好哄，內在還是有副相當麻煩的脾氣——加藤惠這個女生便是如此。就連倫也一生一度的告白，都落得被她淡定以對的下場。不過，這其實是惠幾天來一直苦惱、一直欣喜，懷著種種感情思念他到最後，才自己想出來的小小反擊。有這樣的女朋友……簡直太棒了！

MEGUM

深崎暮人劇場版設定

成為大人的**加藤惠**

Adult Megumi Kato

高中時期不時會換的髮型，變成了中長髮。打扮仍保留有以往的可愛，同時又改版烘托出成熟韻味。身為「株式會社blessing software」的副代表兼總監，身為倫也的女友，惠於公於私都與重視的人相伴相依，英梨梨和詩羽她們耍那種挖苦兼戲弄的嘴皮子，都已經對她不管用了。

澤村・史賓瑟・英梨梨
「從今以後，我絕對會要你陪著我……
一輩子喔。」
ERIRI'S DATA
女主角象徵圖示
運動服、素描簿
負責製作遊戲
Cherry blessing～輪迴恩澤物語～(製作：blessing software)原畫
寰域編年紀XIII(製作：馬爾茲)原畫
跟倫也初次相識的地點
安藝家前面(前往嶋村小學開學典禮的途中)
儘管英梨梨一開始回絕了，結果還是跟詩羽一同參加了倫也的社團。當時英梨梨跟倫也仍處於從小學三年級以來的絕交狀態，即使如此，在社團負責原畫的她總是率先投入於工作。英梨梨能這麼賣力，到底是因為慶幸自己又可以待在倫也身邊的關係。一面用明顯易懂的傲嬌態度掩飾真心，一面則專注地追逐從小懷有的夢想。要成為任誰都認同的一流插畫家；成為倫也心目中最棒的插畫家。窩囊歸窩囊，但是絕不喪志。如此的模樣令她更添光輝──
SAWAMURA

ERIRI'S CHARMS

CHARM 1 燦爛耀眼的笑容

在小學開學典禮相識的英梨梨與倫也，曾是共有相同興趣的知心好友。後來，兩人長期吵架而分道揚鑣，但她當時的夢想就是「成為倫也心目中最棒的插畫家」，至今過了十年以上也沒有改變。而她跟倫也無所顧忌地歡談，理應曾令其心動的至高笑容，也依舊不變──

CHARM 2 沒辦法坦率的少女情懷

英梨梨只要跟最大最強的勁敵兼搭檔──霞之丘詩羽碰面，必然會起口角（而且大多吵輸）。然而兩個人會待在一起，其實是因為她們把彼此視為創作者尊敬，也認同對方是可以切磋琢磨的存在。不過，她們倆當然不會輕易說出那種真心話。簡而言之就是……越吵感情越好。

CHARM 3 直呼名字是信賴的證明

英梨梨自從跟倫也絕交以後，就藏起身為御宅族的本性，在學校始終裝成高尚的千金小姐。而她能傾訴一切的唯一好友便是惠。無論有喜有悲、有夢想或煩惱、或者跟最喜歡的男生之間有了什麼。一直為人際關係所苦的英梨梨，之所以能自然地直呼惠的名字，表示她對惠就是如此推心置腹。

ERIRI SPENCE

深崎暮人劇場版設定

成為大人的澤村·史賓瑟·英梨梨

Adult Eriri Spencer Sawamura

曾是個人商標的雙馬尾只留下緞帶，換成了有氣質的長髮。身穿看似高檔貨的衣服，又讓人覺得有副不服輸的硬脾氣，是因為形象變得與紅坂朱音有點像的關係？跟可靠的搭檔親密到以詩羽、英梨梨之名互稱，一搭一唱的默契也無異於往常。即使工作忙碌，看她仍精神奕奕便再好不過。

UTAHA'S DATA

女主角象徵圖示

白色髮箍、黑絲襪

負責製作遊戲

Cherry blessing～輪迴恩澤物語～（製作：blessing software）劇本

寰域編年紀XIII（製作：馬爾茲）劇本

跟倫也初次相識的地點

帖文堂書店和合市站前店
（在《戀愛節拍器》第二集的慶祝再版簽名會上才認識彼此）

倫也的社團從當初成立時就狀況百出，詩羽自己偶爾也會惹出大問題，然而她熟知所有成員的性格，是屢次從危機拯救了大家的溫柔可靠學姊。話雖如此，她絕非對任何人都溫柔。她希望保有讓倫也憧憬的自我，希望被倫也需要——更希望倫也能回心轉意。儘管戀愛沒能修成正果，詩羽仍把苦澀的經驗化作糧食，成長得更為堅強美麗。因為不這麼做，她將會喪失讓倫也憧憬的自我。因為她不容許自己變成那樣。詩羽之所以會是詩羽，正是因為有這分氣節。

UTAHA'S CHARMS

CHARM 1 第一次的對象總是他

起先是本身的第一場簽名會；然後是接受專訪；還在旅館共度一夜。出外約會；用共同筆名寫劇本；奪走初吻……詩羽的回憶，就是跟倫也的回憶。詩羽萌生的淡淡好感，是透過跟倫也體驗的種種「第一次」，才逐漸轉變成無可取代的感情。

CHARM 2 在喜歡的人面前不禁毒舌

從詩羽口中冒出來的，基本上盡是毒舌與黃腔。不過，她本來就只會跟有興趣的人來往或講話。儘管詩羽的嘴上功夫實在犀利過頭，可是旁人有困難時，她也肯毫不保留地給予協助。哪怕自己會因此吃虧。或許她的壞嘴巴，是在極力掩飾自己對人有好感的害臊心理。

CHARM 3 其實非常有少女心

責任編輯町田苑子曾經談到：「霞詩子會一炮而紅，是因為她是個作夢的少女。」將自溺於戀愛而不斷膨脹的妄想昇華為輕小說，還情不自禁地把比誰都支持自身作品的異性書迷錯認（？）成白馬王子。這樣的她不叫「作夢的少女」，究竟該叫什麼才好（笑）！

UTAHA KAS

深崎暮人劇場版設定
春裝
冬裝

成為大人的霞之丘詩羽

Adult Utaha Kasumigaoka

身為在第一線活躍的作家，吸引人的想像力——妄想力理應很重要，從這副倩影就可看出她百經磨練（笑）。伴隨打扮品味的改變，感覺氣質上跟町田小姐有幾分神似，果真是因為頭髮俐落剪短的關係吧。跟金髮的搭檔似乎相處融洽，表情好像也變得柔和些了。

冰堂美智留
「換句話說，只要阿倫找到能讓我害羞的事情就行了，對不對？」
KIRAN
有大姊頭風範的音樂人與妹系插畫家。風格不同，類別也相異。不可思議的是兩個人依舊合得來，這肯定是她們本質相同所致。儘管美智留和出海身為創作者的活動期間與實績不如英梨梨和詩羽，相對地，她們對於往前邁進這一點仍無躊躇及畏懼……倒不如說，或許她們在將來還是會一路向前衝，跟那些心結都無緣。她們倆具備的實力與韌性，就是足以讓人這麼想。燦爛笑容與洋溢的熱情。對於用全力追求上進的兩人來說，要停下來——根本就沒空！
MICHIRU HYOUDO

波島出海
「請學長幫助我
成為一個成熟的女生！」
IZUMI'S DATA
女主角象徵圖示
花朵髮飾、筆
負責製作遊戲
永遠及剎那的福音（製作：rouge en rouge）原畫
不起眼女主角培育法（製作：blessing software）原畫
跟倫也初次相識的地點
嶋村國中附近的公園
MICHIRU'S DATA
女主角象徵圖示
吉他、貼身背心＆短褲
負責製作遊戲
Cherry blessing～輪迴恩澤物語～
（製作：blessing software）配樂
不起眼女主角培育法（製作：blessing software）配樂
跟倫也初次相識的地點
長野老家附近的婦產科（同日同地出生）
IZUMI HASHIMA

MICHIRU'S CHARMS

CHARM 1 在各方面都服務精神旺盛

相較於詩羽營造出的成熟背德情色感，美智留則是靠奔放且健康的情色感讓倫也（和讀者）大為迷惑。賣肉……賣弄魅力的方式之所以越來越巧妙，究竟是受了美少女遊戲影響，還是她從感情格外好的學姊那裡偷學了幾招？即使如此，氣氛不會變得尷尬，都要多虧美智留的個性。該怎麼說好呢？感激不盡（笑）！

CHARM 2 獲得聲援讓她發光發熱

美智留在「blessing software」與女子樂團「icy tail」同時有活動。自從突然被安排扮成貓耳女僕挑戰演唱會處女秀以後，其人氣就一舉攀升而不知停頓為何物。遊戲的配樂固然出色，但是在聽眾齊呼之下，由她登台獻唱的嘹亮歌聲也別有意境。聽現場果然是最爽的，對吧！

IZUMI'S CHARMS

CHARM 1 御宅魂純粹無比

熬夜大玩美少女遊戲，還對螢幕裡女生的反應忽喜忽憂。最後甚至突破萌的極限歡呼出來，在地板上打滾。這種燒壞腦袋……不，這種充滿熱情的御宅魂與行動模式，簡直跟她的師父倫也一模一樣。盡全力享受喜歡的事物。如此的熱忱及純粹念頭，正是催生嶄新創作物的原動力。

CHARM 2 創作活動再三失控？

就算出海會原地踏步，那也是為了在之後動起來的預備動作。而且她一旦動起來，就會朝終點全力衝刺，任誰都攔不住。終點後頭有下一個終點，路途完全看不見盡頭——成長之快與無窮的上進心，便是出海最大的武器。雖然偶爾會失控，不過那也稱得上是她的魅力……

深崎暮人劇場版設定

成為大人的冰堂美智留

Adult Michiru Hyodo

過去穿得太休閒而讓倫也頭痛的美智留，似乎也有了較為女性化的品味，改穿褲裝配馬尾，一身打扮既簡單又時尚。話雖如此，內在似乎沒有多大改變，據說一有曲子的靈感，就會擅自跑到倫也家裡。無論長到幾歲，都止不住她自由奔放的言行！

深崎暮人劇場版設定

成為大人的**波島出海**

Adult Izumi Hashima

在國中、高中換過髮型也還是保留當亮點的丸子頭變成了一顆，長大後依舊健在。另外，豐滿到足以把吊帶褲肩帶擠到旁邊的胸脯當然也健在（笑）。打扮起來兼顧可愛與輕便的她，泡在blessing software公司辦公室……不對，泡在隔壁倫也家的模樣，活脫脫就是美智留的跟班？

深崎暮人劇場版設定

波島伊織

IORI HASHIMA

成為大人的**波島伊織**

Adult Iori Hashima

不修邊幅的頭髮與鬍渣，手拿百圓商店的提袋配涼鞋，還淪為常常漏夜躲債的正牌人渣……以上是詩羽的妄想。其實伊織身為blessing software公司的製作人，一眼就可看出他樣似「精明業界人士」的風采，似乎都有好好地扶持著倫也。還有，他本人好像也可以接受妄想中的那副模樣……

深崎暮人劇場版設定

安藝倫也

TOMOYA AKI

成為大人的**安藝倫也**

Adult Tomoya Aki

只是從隱形眼鏡改戴細框眼鏡，然後稍微換了瀏海梳的方向，氣質卻變得莫名穩重。這也難怪，倫也成為大人以後，已經是blessing software公司的代表兼劇本寫手。他似乎是在現居的公寓隔壁設了辦公室，跟最棒的工作伙伴一同於這間規模小歸小，但頗受玩家歡迎的廠商打拚。

Chapter 2

特典小說

Bonus Track

愛與青春的**節拍器**

一月中旬，不死川書店會議室……

「突然安插溫泉場景，這樣就算被人說成老套後宮賣肉動畫也無法抗辯呢。」

「多虧有那樣的意外性才炒熱話題，據說連之前沒興趣的人也大舉收看了喔。」

「就算觀眾增加，沒興趣的人看了會不會抨擊得更加猛烈？」

「先提高願意收看的觀眾系數想必比較重要啦。就算節目做得再好，不買帳的人就無法享受到啊。」

「基本上，連角色介紹都沒有就播出賣肉場景，無法對角色投入感情的觀眾看了到底有沒有意思？對此我抱有疑問。這樣難道不會連原作粉絲都冒出批判的意見？」

「起初就知道原作的人大有可能會多看一陣子，故事演到後面再來打動那些人就好啦，這是策略。」

「怎麼會有推諉意味如此濃厚的發言？你簡直像是自我辯解的動畫相關人員化身呢，倫理同學。」

「我才想拜託詩羽學姊，妳明明就是參演者，發表感想不要那麼尖銳啦！」

房間裡的大型螢幕上，正在放映TV動畫《不起眼女主角培育法》＃0〈愛與青春的服務集數〉的錄影畫面。

而一邊看影片，一邊像批判廚及銷量廚展開論戰的兩人，則是該作品的參演者，連這種場合都要祭出在作品裡早被批評得夠多次的後設哏，體裁上實在難辭其咎。

「不過，以動畫來講拍得是還不錯。跟《戀愛節拍器》屬於姊妹作的《不起眼女主角培育法》……我確定會繼續收看。」

「……那個，詩羽學姊。」

「哎，雖然我不清楚外傳搶先於正篇改編成動畫的用意是什麼，這下正篇動畫更令人期待了呢。」

「欸，我說學姊……」

「等推出正篇，我就會確實監製，將第一女主角描寫得極盡可愛之能事，必然能讓所有觀眾都被第一女主角萌到……」

「呃，我想學姊也明白就是了，這部動畫的原作才是正篇，《戀愛節拍器》則是從中衍生出來的……」

「不，我才不認同自己在動畫中，會像這樣被安排成賣肉主力的女二。我不認同！」

「就算妳說不認同……」

「我……我是第一女主角……我是身為當紅輕小說作家，還跟兼職當編輯的男生在微妙距離感之下一起創造作品的超萌角色！」

「詩羽學姊……總覺得妳越講越有女配角的調調了耶？」

所以嘍，懇請大家多多關照比動畫裡的詩羽學姊更有少女心，也更有第一女主角架勢的《戀愛節拍器》。

不起眼Fantasia大感謝祭二〇一六

「……倫也，你讓我換上這套緊身韻律服，然後帶我來沒有人的體育館，還把彩帶遞給我，是打算要我做什麼呢？」

「問得好……妳的問題實在是切中要點，惠！」

所以嘍，由於狀況在剛才從她口中得到了簡潔的說明，請容我就此帶過。

「加藤惠……從今天起，妳要加入新體操社，目標是成為完美女主角！」

「呃，為什麼加入新體操社的目標會是成為完美女主角呢？難道是要我以二〇二〇年的東京奧運為目標？這麼說來，在里約奪金浪潮的日本選手當中，新體操成績算是滿尷尬的……」

「選手都很努力了啦！妳別這樣講話！」

惠的態度正如往常，毒舌發揮起來既淡定又不當一回事，我便一面予以規勸（姑且不談是誰導致她擺出那種態度），一面則為了加以開導，就把手放在惠的肩膀，誠心誠意地告訴她：

「因為完美女主角就該練新體操，這是從昭和（TOUCH鄰家美〇）以來的規矩！」

「我是平成出生的吧？我們彼此都是平成出生的對吧？」

「那又怎麼樣！妳從現在開始練新體操，到全國大賽拿下冠軍，之後再成為家喻戶曉的偶像高中女生，最終目標就是要在關東地方新聞節目上開設『尋找小惠』的單元！」

「不要用這麼懷舊的小○館漫畫哏啦。這裡是ＫＡＤＯＫＡＷＡ耶？Ｆａｎｔａｓｉａ旗下的校園喔？」

「拜託，惠！這是為了完成我們的最強遊戲！請妳諒解！」

「在活動限定頒布的篇章裡，你就毫無顧忌耶，倫也。」

……關於那部分，有說法指出是在冷靜盤算過後，認為內容膽大妄為到這種地步，輔以版權上難以克服的要素，想必也無法再次利用於其他媒體而做出的判斷，不過這且擱到一邊。

「……哎，總之我明白了。不過全國大賽和奧運是絕對去不了的喔。假如可以，我能配合的頂多只有當個完美女主角喔？」

「妳肯擔起重任了嗎，惠！」

惠那句難以分辨是謙虛或傲慢的答覆，簡直隨和得匪夷所思，然後，她還把眼前地板上所擺的彩帶拿到手裡。

「所以說，我先從什麼做起好呢？」

「讓我想想，要不然，我們來拍劇情事件ＣＧ要用的資料照片，麻煩妳在這裡，做幾個類似新體操表演的動作。」

「總覺得你這樣要求，未免會冒犯到認真勤練新體操的人，不過你是認真在製作遊戲……所以還算情有可原吧？」

於是，惠舉起了手上的彩帶，開始具節奏地旋繞起來。

「啊，終於繞成圈圈了。」

「趁現在拍照！妳保持那個姿勢別動！」

「那樣的話，彩帶也會跟著停住耶……」

起初，彩帶描繪的軌道就跟蛇在爬行一樣醜，隨著時間經過，不久形狀就慢慢地逐漸變成螺旋了。

不久之後，惠也跟著換了姿勢，背脊隨之挺直。

她的表情更是逐漸變得認真，而且樂在其中。

「？倫也？」

「咦？啊，怎樣？」

「快門停下來了耶……我可以停了嗎？」

「啊，抱歉，再一下下，這次換個姿勢。」

「嗯，我明白了。」

不知不覺中，我有滿長一段時間，只是杵在惠的眼前不動。

哎，簡單來說，那也是因為她的表演值得我如此。

……單以外型而言，這傢伙已經是完美女主角了。

「唔……」

不，錯了，這是幻覺。我被騙住了。

假如說，光是有樣學樣的新體操就讓我覺得有魅力，會對認真勤練新體操的人構成冒犯。

可是……

「倫也。」

「咦？啊，怎樣？」

「其他社團活動的時間也差不多到了，我們怎麼辦？」

「咦……」

惠的那句話讓我猛然回神，從體育器材室的方向，確實有體育社團的活潑聲音響起。

「如果你還沒有拍完，要繼續下去嗎？」

「咦……？」

其他社團差不多也要開始活動了，當中不只有女生，也有男生，會有許多人聚集到這座體育館才對。

那就表示，惠穿著緊身韻律服的這副模樣，會被那些人看見……

「……倫也？」

「不，我們差不多該撤收了。」

「你都忙完了嗎？」

「啊～對，妳想嘛，反正劇情要用的素材都齊了。」

「…………」

「再說，或許我們會打擾到那些認真練社團的人。」

「……呼嗯嗯嗯～」

「怎樣啦？」

「我知道的喔。像你那樣，就叫作『獨占廚』對不對？」

「妳完全搞錯那句台詞適用的時間地點場合了啦！」

不起眼Fantasia文庫二十八週年

「惠，聽好嘍？這次我絕對不會稱讚妳，也絕對不會害臊！」
「怎麼突然說這些？」
在我眼前的是身穿黑色禮服，卻露出白皙肩膀與大腿，還坐在椅子朝這裡望過來的惠……簡單說呢，若各位能想成跟透明資料夾正面一樣的構圖便是甚幸。
此外，關於她為何會穿上這麼正式的服裝，我們又怎麼會演變成這種處境，由於連多費字數說明都嫌可惜，希望各位理解成「為製作遊戲而東忙西忙」就變成這樣了。
「不，我很清楚。像這種情境的極短篇大致都是同一個套路，我會對妳『平時看不見的一面』心動，然後妳會帶著賊笑戲弄我，收尾方式就是這麼固定！」
「呃～可是，我覺得自己並沒有每次都帶著賊笑耶。」
「就算沒有！在妳那種淡定的態度和言行背後，其實都把我看扁成『稍微賣弄性感就會滿臉通紅又什麼都不敢做只會悶不吭聲的好哄御宅族』吧！」
「每每把我看扁成『只要強硬一點拜託就有求必應的好哄女朋友（暫定）』的人，應該是你才對吧……」

「總之！這次無論妳怎麼展現姿色，我都不會稱讚。更不會說真心話。所以我要特意對妳做一番評論……」

接著，我用滿懷決心的表情做了個深呼吸，朝眼前……那個不知道是因為禮服的關係，還是原本的素材所致，或者說兩者相得益彰，就變得既清純又妖豔而讓人搞不懂該如何置評（正面意義上）的惠，全心全意地予以否定。

「惠，我說啊，那套禮服……一點都不適合妳！」

「呃～既然你宣稱過不講真心話，就表示剛才提到的『不適合』，其實並不是你的真心話耶，我這麼想可以嗎？」

「啊啊啊啊啊！我一開口就不小心大力稱讚了啦啊啊啊～！」

「……啊～實在謝謝你喔。」

……我應該要否定的，可是滿臉通紅又什麼都不敢做只會悶不吭聲的好哄御宅族，就是辦不到那種事。

「基……基本上，為什麼會有這種像是準備要參加舞會的情境！無論怎麼想，陪妳出場的人都不會是我嘛！」

「咦？呃～唔～……………………………哎，說得也是耶。」

惠聽了我那自嘲過頭的指正，就將眼睛閉上片刻，大概還在腦海裡想像我穿晚禮服的模樣，打算幫忙緩頰……然後她居然立刻就放棄了。

「這不就表示是ＮＴＲ劇情嗎！我才不要做那樣的遊戲啦！」

的確啦，聽說社會上也有人就喜歡女主角在故事裡被其他男人開發……不對，被其他男人追走而自揭傷口的那一套。

然而，我自己站在製作方並沒有那種嗜好，要是失手做了ＮＴＲ遊戲又觸發什麼奇怪的性癖也會很困擾。

「啊～可是你想嘛，雖然第一女主角是我，男主角也未必是性格跟你一樣的男生……」

「可是男主角是我創造的耶？他不可能是帥氣的現充耶？根本就不可能一派輕鬆地邀女生跳舞啊！」

「……啊～」

「啊啊～我到底該怎麼辦才好～！」

惠這麼簡單就對我千瘡百孔的理論感到信服，倒也讓人有意見就是了，但現在不是追究那些的時候。

……話說既然如此，我們怎麼會來重現這種情境？

「可是，我並不介意喔。」

「妳不介意什麼！」

扯來扯去，當我打算重新琢磨企畫方針，將遊戲內容的純愛路線和戴綠帽路線完全區隔開來的時候，惠就朝著我細語。

「就算你創造了『不敢邀女生跳舞的男主角』，要選他當對象，我也不介意喔。」

「咦……」

……總覺得，她靠得好近。

「除了你所創造的男主角，那個滿臉通紅又什麼都不敢做只會悶不吭聲的好哄御宅族以外，就算女主角對其他男生都不感興趣，我也不介意喔。」

話裡談到的內容，還有我們倆之間的距離，都變得好近。

「以女生來說，那樣是錯的吧……？」

「不過，以美少女遊戲來看，是不是就正確了呢？那會不會就是你所謂的『讓人小鹿亂撞』的第一女主角？」

「可……可是，那種虛假的女主角，會受玩家喜歡嗎？」

「你覺得虛假？你敢斷言，有那種心思的女生，就絕對不存在？」

「這……這個嘛，呃……」

而且這麼靠近看惠的表情，我總覺得，十分地……

「有個理想並不高，好占便宜，輕易就可以攻略，像救濟型角色一樣好追的女生，你……男主角會覺得排斥嗎？」

十分地，呃，十分令人不忍說（正面意義）……

「我……我不會誤解的喔！像那樣自稱『好追的女生』，其實才是自尊心超高又麻煩到不行，這我在某款美少女遊戲已經學過了！」

因此，我這邊的反應也就不得不跟著變得令人不忍說（負面意義）了。

「你果然不懂呢，倫也……」

「妳說我不懂什麼？」

「那個女生，之所以會說出那種話，是因為對方就是她心儀的男生啊。」

惠面對如此令人不忍說的我，還硬要搶話，總覺得，那就是在戲弄人，而且，還帶著賊笑。

「可……可是，可是……假如是那樣，就表示妳……不對，表示第一女主角，其實也是從一開始就心儀我……不對，心儀男主角了耶。」

「……………啊～是是是。說得對耶～那太好了呢～」

呃，所以嘍，面對被迫嘴遁的我，惠給出了淡定的反應……

戀愛與純情的節拍器

四月上旬，不死川書店會議室……

「突然安插泳裝場景，這樣就算被人說成老套後宮賣肉動畫……」

「抱歉，詩羽學姊，妳記不記得自己在兩年前說過一模一樣的話？」

※）請參照月刊BIG GANGAN 2015 VOL.04附錄透明資料夾。

所以嘍，會議室的大型螢幕上，正在播放的是TV動畫《不起眼女主角培育法♭》#0〈戀愛與純情的服務集數〉的獨家播映畫面。亞●遜萬歲。

「話說回來，雖然我沒有要接開頭的台詞，真虧這部動畫能出第二季呢。」

「後設之後再後設，妳講的話已經讓人完全莫名其妙了啦，詩羽學姊！」

而且跟兩年前相同，在場一邊看影片一邊展開論戰的是當紅輕小說作家霞詩子，也就是霞之丘詩羽，以及她的責任編輯安藝倫也，說起來可算是出自旁系世界線的作品參演者……所分裂出的化身，特此聲明。

唉，先不談那些了……

「……（焦躁）」

「……（怕）」

「……（惱火）」

「……（提心吊膽）」

隨著動畫播到後頭，詩羽學姊的心情不知為何也越變越糟，不久之後，她那種焦躁就演變成足以讓桌子晃起來的抖腳毛病了。

「…………倫理同學，你來一下。」

「呃，我……我姑且已經坐到定位了。」

「這怎麼回事……？」

「學……學姊是指？」

「你被我邀到酒吧，用香檳乾杯，營造出絕佳的氣氛，甚至都告訴你旅館的房間訂好了，你還堅持拒絕是什麼意思嘛！」

「啊，那果然不是薑汁汽水……」

請各位千萬別向BP●告狀，特此聲明……

「我沒有跟你談那個，我就是不滿意你那種顧左右而言他的態度，要說幾次才懂，你這倫理同學！」

「不不不！就說那個人既是我，卻也不是我啊！」

「我從他的長相、態度、口氣、選擇都看不出有任何差別耶！」

「可是動畫和原作的那傢伙跟我不一樣，風評很糟糕啊！」

這部分固然不該提，可是仍有幾分屬於事實，因此我也無可奈何。

「你的風評一樣夠糟糕吧！看嘛，你還跟嵯峨野培養出了一絲不錯的氣氛！」

「對那一點帶起負面風評的不是只有一個人嗎！」

所以嘍，懇請大家多多關照比動畫裡的詩羽學姊更愛吃醋，也更有病嬌女主角架勢的《戀愛節拍器》。

「欸，旁白！你的收尾方式跟兩年前完全一樣嘛！給我多下點工夫！」

《不起眼女主角培育法♭》的**不起眼回顧法**

位於從ＪＲ原宿車站驗票閘步行幾分鐘處，某棟商業大廈的七樓。

以類別來講，被歸為娛樂聯名咖啡廳的店裡，牆面上處處設有大型螢幕，而目前從喇叭播送的，則是女歌手獻唱的澄澈嗓音……

「好的，所以嘍，ＴＶ動畫《不起眼女主角培育法♭》的回顧上映會要開始了～這次活動有我，加藤惠。」

「澤村．史賓瑟．英梨梨。」

「還有霞之丘詩羽三個人一同為各位主持。」

呃，具體來講，就是春奈るな的《Stella Breeze》，正搭配動畫的開頭動畫一起播放。

「最後一集已經播完了，所以才有這個跟大家一起回顧動畫並互相抒發感想的企畫……」

「這麼說來，我們幾個雖然有參演，實際將整齣戲看一遍倒是頭一次呢～所以對自己出場的那幾幕以外都滿陌生的。」

「……真不愧是澤村。在這種冷場至極的後設戲碼裡，仍不忘先說明狀況與釐清緣由的商業

主義。追求大賣的同人作家就是如此稱職。」

「……我跟妳這個老是截稿開天窗又給周遭添麻煩的惡魔作家不一樣，只是具備常人該有的協調性罷了。」

「啊～一開場就像職業摔角那樣鬥嘴，可以說是既經典又精彩，但我希望先主持活動，請兩位稍安勿躁。」

惠坐在三個人的中間，一面隨耳聽著英梨梨和詩羽從左右傳來的立體聲口角，一面淡定地把現場穩住。

沒錯，在這裡的是惠、詩羽、英梨梨，絕非安野小姐、茅野小姐和大西……呃，大西小姐，而且這也不是《不起眼女主角培育法♭》的公開錄音活動，還請各位認清這一點。

「好的，所以嘍，開頭先播的並非第一話，而是第〇話〈戀愛與純情的服務集數〉……」

「又是一開頭就先播服務集數，這部動畫真的技窮了呢。」

「什……無論怎麼看，這都是最棒的開場嘛！在第一季受歡迎的要素更加精進後，不就導出了精彩的泳裝集數嗎！」

「呃，麻煩兩位不要在我說過稍安勿躁以後又馬上起口角，還吵得跟動畫裡這麼像。」

「可……可是妳也這麼想吧，惠？看到服務集數畫得可愛華麗又這麼多肉色就覺得棒透了吧？對不對！」

「呃，我不想用棒透了之類的詞來敘述自己穿泳裝又裸露得這麼多的場面耶。無論是說客套話或真心話。」

※　※　※

由三個人主持的回顧上映會，從開場就絆了一跤，然而經過東拉西扯以後，活動進行得仍算順利……

「什麼嘛，原來英梨梨也有讀《戀愛節拍器》啊。還從一年前就讀過了。」

「……唔。」

「…………」

「何況，妳實際上也是霞詩子的熱烈書迷，呃，這就是安藝常提到的傲嬌嘛，對不對？」

「～～～～唔。」

「…………」

目前，畫面上播到了第一話〈不起眼龍與虎相會法〉之中，一年前的回憶場景。

「哦，霞之丘學姊那邊，還曾經對英梨梨的畫一見鍾情……」

「…………」

「唔……」

「這樣啊，所以當時妳們都想要彼此的簽名嘍。什麼嘛，以創作者來說不就兩情相悅了嗎？兩位真是不坦率。」

「等一下等一下，惠！」

「加藤，能不能請妳別在每個場面都穿插幼稚的解說？」

換句話說，畫面上將兩人對彼此作品流淚興奮，想拉近距離卻又遲遲無法如願的心急情緒，描寫得表露無遺。

當然，她們倆被逼著看眼前的那些場面，臉上都露出了好似遭受撓癢拷問的苦悶表情。

「不過，這次的回顧上映會，就是讓人一邊看一邊互相抒發感想的評論活動啊，假如妳們倆都像剛才一樣默不吭聲，我只能唱獨腳戲耶。」

「就算那樣，總有其他話題可以聊吧！」

「說得對，加藤妳可以聊聊自己，用跟畫面完全無關的話題來帶過場面。好比妳最近著迷的事物，或者今天午餐的菜色之類。」

「在作品的評論中聽到那些內容會有趣嗎？」

「現在不是談論影像軟體要有什麼商品價值的時候啦！」

「基本上，會期待評論的大多是參演人員的粉絲，所以妳聊那些就夠了。由原作者滿臉得意地跳出來大談沒人想知道的幕後設定，讓參演人員只能縮在一邊應聲附和的劇情評論，根本是有百害而無一利。」

「……那部分我會當成一段意見轉達給製作方，不過，這段劇情很動人不是嗎？從各位觀眾得到的反應也不錯。」

「妳那種做法就叫作捧殺喔，惠！」

「是啊，加藤，或許妳自以為主持得不錯，但是對當事人來說就是非常惹人嫌的行為了，這妳要記得。澤村是我的小說粉絲這種事，我根本不想了解也沒有興趣。」

「對對對！霞之丘詩羽是我的粉絲又不重要！反正她把話說得再好聽，還是會立刻背叛！」

※　※　※

「看吧，才下一集就背叛了啦啊啊啊～！」

……畫面上，播出了第二話〈當真而認真的分歧點〉之中，詩羽和倫也在池袋約會的場景。

※　※　※

「啊，啊～……」

「嘖……」

後來又過了一段時間，第三話〈初稿、二稿與長長思考〉也基於各種考量而帶過。

「等……等一下，霞之丘學姊……這，唔哇……」

「妳真的放蕩到讓人無話可說耶，Bitch丘詩羽！」

畫面上播出了第四話〈三天兩夜的新路線〉之中，詩羽洗完澡出來的床戲（以地點而言）。

「我可不想被老是用放蕩插畫來吸引人按讚的妳這麼說，澤村。」

「反正我扒光的，始終只是二次元的非實在青少年呀～我又沒有像妳那樣，真的在三次元做出會觸犯條例的把戲～」

「啊，不……不過英梨梨？雖然裸露度確實很高，可是，這個場景的霞之丘學姊，我覺得非常美呢。」

「這話中聽呢，加藤。沒錯，好比說，這副在月光下晶瑩剔透的肢體，還有白襯衫與黑髮交織而成的對比，居然無法理解這種追求藝術性甚於低劣情色的場景編排之美，妳真的是美少女插畫家嗎？」

惠巧妙避開了「如今什麼才算三次元」的定義，還一副熟練地打算勸解已經把互鬥當慣例的兩人。

然而……

「倒不如說，這一幕的問題根本在於霞之丘詩羽都露到這種程度了，倫也卻完全不把她當成一回事。最後還被惠撿走所有的便宜。」

「啊啊啊啊啊！最後一幕的畫工怎麼精細成這樣！妳為什麼在這個時間點突然換了造型變成長髮，加藤！」

「咦……咦～？」

不知不覺中，畫面切換到惠與倫也在營火前跳土風舞的場景，導致話題變得有幾分混亂。

「啊～說真的，多虧惠在這一幕完美化身為病嬌黑長髮女角，我畫素描才有意義。既清純又沒有古怪的挑逗感，簡直是年長黑絲襪的靈壓消失在某處後，最值得一提的場景呢～」

「加……加藤……妳……妳……！」

「呃，我會改留黑長髮、跳土風舞、演病嬌角色，這些全都是霞之丘學姊指示的吧？並不是出於我的意志吧？」

※　※　※

「唔，嗚嗚，嗚……」

「……………」

「……………」

三方混戰的對罵持續一陣子之後，上映會在不知不覺中已經將第五話〈會先迎來死線，或者先覺醒呢〉帶過……

「多……多麼令人惆悵的愛情故事……我想都沒想過，會在不起眼裡看到這麼純愛的一集……」

「……噯，加藤，我們要不要一起收拾這個自作多情的神經病？」

「……現在先不要吵英梨梨啦。」

以第六話〈埋沒在雪裡的母片〉之中，英梨梨和倫也在那須高原獨處的謝罪戲碼為背景，英梨梨啜泣的聲音，迴盪於微妙地掃興的室內。

「咿，嗚嗚……真是的，妳們兩個別聊那些無關的話題了，認真點看嘛。好不容易才舉辦的回顧上映會耶？唔，嗚嗚……！」

「話雖如此，由確實守住截稿日的我看來，澤村妳在這集的所做所為，就是打著閉關作畫的名義遁逃遠方，結果還用感冒當理由讓新作開天窗，插畫家會有的缺德行徑莫過於此。」

「抱歉，雖然有幾成是可以贊同的，但我認為妳說得太過火了。霞之丘學姊，請自重。」

「就……就是有妳這種都不懂得體會角色纖細的心境，光用作品裡的事實做評斷，還說『母片沒完成就是爛』而認定這是爛動畫的爛觀眾，才讓動畫製作現場感到寒心，妳總該醒悟了吧，霞之丘詩羽！」

「……為了自我正當化，妳終於開始否定觀眾了呢，輪到主場就擺爛的女主角。」

「抱歉，雖然有幾成……不，霞之丘學姊，請妳自重。」

「只要重看幾次，就算外行人也會曉得第六話是可看度十足的神聖集數吧！倫也決定為了我而放棄夢想……身為社團代表，或許他做的判斷錯了。不，很顯然是錯了……就算那樣，當時倫也的腦子裡，想的只有我！妳們都懂吧！」

「解說起來不僅囉嗦還充滿自我正當化的私心，絲毫無法打動人呢，妳這愛找藉口的金髮雙馬尾。」

「…………」

「唉，為什麼這集不是最後一集呢……正好社團視為目標的冬COMI也結束了，讓我們兩個在C part接吻，然後全劇終～這樣不就好了～」

「澤村，妳逃避現實也要有節制。反正下一集妳就會從溜滑梯一路滾下去……」

英梨梨實在太得意忘形，詩羽難免就不耐煩了。於是，當詩羽打算把之後的現實扔給英梨梨而加重語氣的那一瞬間……

「請妳別說了，霞之丘學姊……」

「可是加藤……」

「英梨梨沒有錯，她一點也沒錯……」

惠冷靜得足以讓詩羽息怒的言語和態度，平穩地消弭了現場的火藥味。

「不過，安藝這時候做的判斷……果然還是不合理吧。」

「咦？」

「啊……」

……惠看起來之所以冷靜，純屬心理作用。

「沒有喔，我並不是在責怪他照顧生病的英梨梨。畢竟，剛才那一幕的英梨梨，真的顯得很痛苦。所以，我完全沒有介意那一點……不過，不過妳們聽我說喔？」

「呃……惠……？」

「加……加藤……？」

「這是安藝成立的社團對不對？是安藝硬把沒有拚勁的大家拉進社團的對不對？可是，可是他鼓舞每個人到這種地步，自己卻突然放手，該怎麼說好呢……他讓我的心思懸在半空，還表現得跟往常一樣，我真的，不知道該怎麼說……」

「等一下等一下等一下！」

「妳對這件事到底有多執著啊！」

就這樣，語氣沉著又一點也不冷靜地發牢騷的惠，那種言語和態度……

正好跟此刻，畫面所播的第六話最後一幕的她本身，完完全全地重疊了。

※　※　※

「…………（咕唔唔唔唔。）」

「…………（煩躁煩躁煩躁煩躁）」

「呃～……啊，對了，我最近著迷於腳指甲彩繪～」

「惠，妳不用談那種跟場景完全無關的私人話題。」

「單純撐場面也沒有任何趣味，妳安靜別講話。」

「……好的。」

「…………（咕……咕……咕唔唔唔唔～）」

「…………（氣惱氣惱氣惱氣惱）」

「……唉。」

哎，從現場氣氛或許可以輕易想像到，上映會已將第七話〈滿載復仇信念的新企畫〉帶過，目前播到了第八話〈沒有折斷旗的她〉。

「…………（咕唔唔唔唔……咕唔唔唔唔～）等……等一下，惠！」

「這究竟是怎麼一回事呢，加藤？」

「啊～我就算開口也沒有任何趣味，所以就安靜不講話了喔～」

而且，劇情已經演到Ｂpart。

「不管怎麼看妳的心都飛起來了嘛！這究竟是怎樣！」

「故作淡定又裝成對男人沒興趣，卻殷勤成這樣……感覺很明顯就是在準備對倫理同學收網呢，妳怎麼說？」

「啊～妳們想嘛，因為我對製作遊戲就是這麼全心投入，想到社團又可以活動了，難免就跟著高興起來了啊～」

「就……就算是那樣，總要有限度的吧，惠！要有限度！」

「難道說，妳光是高興起來，就會當著男人面前買內褲，還走進男方家裡下廚讓他試味道，連洗澡都要用手機保持聯繫，弄到最後甚至穿著男方的衣服跟他一起睡嗎？連胸罩都不戴！」

「呃～呃～……對、對了，最後那件事，霞之丘學姊不是也做過嗎……」

「我無所謂啊，我又沒有掩飾原本的目的！」

「唔哇，學姊要把話說得這麼絕啊……」

在畫面上，播出了由惠獻唱的插入歌《ETERNAL♭》，熄燈的房間裡，則有分別躺在床鋪與被窩的兩個人，共度平穩和緩的時光。

……然而，這邊的三個人卻鬧得正凶，連如此靜謐的插入歌和細語般的台詞都能全部抹去。

「倒不如說，被妳這麼對待，像倫理同學那樣的處〇御宅應該立刻就繳械了吧？情況是怎樣呢，加藤？這段畫面淡出之後，到底發生了什麼！」

「我們很快就睡了，所以什麼事都沒有發生。基本上，既然霞之丘學姊認為這種手法對男生有效，自己率先嘗試就好了啊……學姊總是將美色賣弄過度，反而讓男生退縮了吧？」

「啊啊！妳說出來了，居然隨口就把不該說的話說出來了，妳這悶騷色女！像妳這種『嘴巴說一套，身體卻很老實』的人會讓我作嘔……加藤，妳讓我作嘔……！」

「……對不起，為了彼此的形象著想，我們能不能停止談這些？」

於是，當唇槍舌彈激烈交鋒，惠覺得再吵下去實在不妙（感覺已經跨過滿大的尺度），就硬是改回淡定語氣，想將詩羽連同自己一同安撫的那個瞬間……

「惠……惠……惠……啊哇哇哇……居然，居然會這樣……！」

「英……英梨梨……？」

「啊～」

這次，換成好一陣子說不出話的英梨梨在茫然間嘀咕，讓現場為之僵凝。

「好不容易和好的說……我還以為，已經跟倫也變回像以前一樣的說……」

「啊……啊～那不要緊喔，英梨梨。妳想嘛，我跟他之間是友情，是社團培養出來的情誼，跟妳和安藝之間的關係取向不一樣……」

「妳的表情看起來倒是頗有女生的韻味，難道是我的心理作用嗎，加藤？」

「我剛才提議過別談那些了對吧，霞之丘學姊？」

不知不覺中，英梨梨眼裡失去了光彩，臉色變得蒼白，雙馬尾也頻頻顫抖……呃，不對，是全身在顫抖。

畢竟，剛才的最後一幕……播出了英梨梨完全沒有預料到，也沒有做好覺悟的畫面。

「嗚……嗚嗚，咿……咿……惠，妳是叛徒……」

所以英梨梨明知道之後會後悔，卻還是忍不住責備她生來第一次交到的好朋友……

然而……

「…………要說的話，誰才是叛徒呢？」

「…………咦？」

「啊…………」

這時候，畫面已經轉換成第九話〈畢業典禮與超展開〉，使得事態更加複雜了。

※　※　※

「…………」

「……（心驚肉跳）」

「……（提心吊膽）」

「…………」

「啊……啊～……我……我跟妳說，惠？」

「那……那個……」

自從在第九話開頭，講過「要說的話，誰才是叛徒呢？」這句話以後……惠就把自己之前的發言，「要順著劇情講感想才行」拋到不知何處了，還一整話都沒有開口，只是茫然地一直望著畫面。

於是影像仍在播送，時刻終於來到……

第十話〈龍虎遂向天宣戰〉之中，兩人下定決心離開社團，劇情正高潮的那一瞬間，在畫面上播了出來。

「聽我說，聽我說喔？聽到英梨梨和霞之丘學姊要辭掉社團時，我好想哭……」

「唔……」

「加藤……」

在如此絕妙的時間點，惠總算取回了言語，同時，她似乎也取回了壓抑住的情緒，就擠出了發抖的聲音。

「之前妳們倆，明明都那麼努力，明明還跟大家團結在一起……不過，好像只有我是那麼相信的……如此相信的，好像只有我，還有倫……安藝而已……」

「才不是那樣……」

「加藤……」

當下，她們倆面對惠仍舊交雜鼻音的感嘆，差點脫口而出的話語，就吞了回去。

……哎，關於惠剛才差點說溜嘴的「倫……」，其實另外兩人倒是滿想追究她用的稱呼……

「不過像這樣，實際聽到妳們倆的想法……我會覺得，妳們倆好煎熬，好悲傷，好懊悔……可是，卻又認真到無可奈何的地步。所以，我想妳們都決心要更加進取了吧……」

「…………」

「…………」

即使如此，惠所說的話，正逐漸轉往認同自己的方向，因此對於剛才的失言（或者刻意為之的言行？），她們倆也就決定默不作聲了。

「果然，我還是沒辦法完全諒解……可是，我會試著接納妳們倆的決心。」

『這時候講出多餘的話，又讓惠翻起舊帳也很困擾。』

『畢竟，對方可是在剛才也翻過一筆麻煩舊帳的加藤。』

『要是她又把咬住人以後，似乎就不肯放開的獠牙朝著我們而來……』

『果然現在只能適度地應付過去，好讓她自己釋懷了呢。』

……儘管事到如今，她們倆心中是否有過這種盤算，已經成了永遠的謎。

「所以，妳們倆都別回頭。要一直往上看，登得更高……然後，茁壯到沒有人伸手能搆到的境界喔？」

「惠……！」

「換成現在，我就能聲援妳們。我會做到的。」

「謝謝妳……加藤。」

「還有，倫……安藝的事包在我身上。我是指社團的事就包在我身上。」

「等一下等一下，惠！」

「妳從剛才到現在的口誤，果然都是故意的吧？是這樣吧？」

※　※　※

「啊～這一幕……呃，妳們看嘛，就跟劇中說的一樣，與其稱為約會，我們是在取材喔。」

「…………」

「…………」

接著，畫面終於來到了大結局的最後一集……〈再起與新一輪遊戲開始〉。

惠與倫也在坡道上，立下誓言的場景……將這部《不起眼女主角培育法♭》予以總結，整齣戲最後的高潮戲碼播映出來了。

「只是，為了製作下一部作品，我才設想了遊戲會有的各種情境，並且演出來而已喔。」

「…………」

「…………」

面對帶有決心與笑容，以及嚎啕大哭的那一幕……

這次，換成英梨梨和詩羽不發一語，默默地注視著。

不知道，她們是被惠在那一幕的演技拉進了戲裡……

或者，她們是看了倫也為自己嚎啕大哭，而心有所思……

「加油，加油，倫也、惠……」

「英……英梨梨……？」

即使如此，那段無言的時間就跟之前一樣，不久便過去了。

「我們會更加進取……追求無人能及的更高境界。」

「就算那樣，就算是那樣……我依舊，會等著妳們喔。」

「哪怕是一步一步地也好。追上來，加藤……跟倫理同學一起。」

「惠，將來我們要在巔峰相見喔……到時候，就會跟妳唱的一樣『開心』吧？」

「嗯，我會加油……英梨梨，我們絕對還要一起做遊戲喔。」

「惠……！」

「呵呵……」

那個瞬間，她們三人的眼睛，比平時還要燦爛。

至於那是出自希望，或者出自某種物理性質的效力……

關於那些，就是任她們三個決定也無妨的事了。

※　※　※

「來，最後一集總算演到Ｂpart……妳們倆最後的重頭戲了。」

「啊……」

「啊……」

「妳們在新幹線告別那一幕，不知道拍得怎麼樣？說不定，我看了又會哭出來，到時候就抱歉嘍？」

「唔……呃……」

「這……這個嘛……」

「啊，原來跟我通電話的場景，是這樣表現的。」

「…………」

「…………」

「嗯，嗯……妳們倆，也要加油喔。」

「……（偷偷摸摸）」

「……（匆匆離去）」

「………………………………………………………咦？」

「奇怪？請等一下，霞之丘學姊……什麼情況，怎麼會這樣？」

「先是背叛了我，還在告別之際這麼做，到底是什麼意思？」

「噯，為什麼上映會還沒有結束，妳們倆卻都不見了？等一下，請妳們回來說明這是怎麼一回事。」

不起眼……才怪的艾妥列**光顧法**（惠&倫也篇）

由ＪＲ秋葉原站的電氣街口驗票閘出站，左轉。

穿過站舍，來到街上以後，再立刻拐向右沿著人行道多走幾步。

「噢，加藤，抱歉讓妳久等了。」

「……倒不如說，為什麼後頭會有特大號的我，安藝？」

那裡就是兩人……倫也與惠今天約好要碰面的地點，艾妥列秋葉原1號店的展示櫥窗前。

順帶一提，今天是四月上旬的週日，櫥窗裡有尺寸非常非常非常顯眼的某部動畫作品（不起眼女主角培育法♭）大海報正在對外展示。

「問得好，妳問得相當好，加藤！」

跟往常一樣，倫也熱情全開地發出御宅族吶喊，隨即用手指向櫥窗裡的海報。

「其實呢，秋葉原艾妥列目前正在實施與ＴＶ動畫《不起眼女主角培育法♭》的聯名促銷活動！所以嘍，店裡到處都在展示妳、英梨梨、詩羽學姊、還有出海跟美智留，對我們來說簡直是曝光度最高的地方喔，加藤！」

「呃～那你把我找來曝光度最高的地方是打算做什麼呢，安藝？你有沒有設想過，我從剛才就被行人盯著跟後頭海報做比較，會是什麼心情？」

然而，惠迎面承受到那股熱情，總不能跟平常一樣淡定地應付了事，就帶著有些心慌的臉，用微妙的疑惑視線看向倫也。

「欸，妳不是從上個月就在Ｓ〇ｆｍａｐ的巨無霸招牌上面亮相了？如今還想在秋葉原這裡發揮隱形功能，那可就免談嘍。至少在春季檔期之間甭想。」

此外，還推出了等身比例的模型與手機ＡＰＰ，其熱門程度已經讓人懷疑還有哪裡可以讓她待得不起眼……

「真是夠了，能不能早點結束？無論動畫或原作。」

「妳身為第一女主角要講這種話？當真？」

即使如此，當事的惠既沒有對這些情況喜上心頭，也沒有大感亢奮，她還是跟往常一樣……不，興致偏低的她講話與回應都比平常低半音左右。

……話雖如此，不知道她這麼說，是否也明白故事一旦完結，自己將與眼前的男生變成何種關係。

倒還沒有任何人明白就是了。

「……我說啊，加藤。」

「怎麼樣，安藝？」

兩人走進艾妥列以後，差不多過了一小時。

「妳打算在這裡休息多久？」

「呃～我想，就休息到安藝你開口說『差不多該回去了吧』為止，怎麼樣？」

「根本都還沒有逛店裡頭耶……」

這段期間，他們倆一直悠閒地待在三樓的咖啡廳。

無論是一樓的美食廣場、二樓的活動區、還有陳列於店裡各處的擺飾，他們何止沒有拍照做紀念，甚至也沒有參觀到任何一塊地方。

「可是我累了。光是來這座城市（秋葉原）就覺得累。」

即使如此，他們倆還是避不掉席捲館內各處的海報；還有迴盪於館內，由《不起眼》的配音陣容獻聲的廣播語音，以及輪番播送的作品相關歌曲，每次看見或聽見那些，惠的臉色就會在轉眼間失去生氣，雖然這也莫可奈何就是了。

「明明是好不容易才有的聯名促銷活動……加藤，妳是來艾妥列做什麼的啊！」

「安藝，我想是因為你什麼都不說明，只交代了時間與碰面的地點就說：『千萬別遲到喔！』結果自己卻若無其事地遲到了十分鐘的關係吧？」

「…………加藤同學，妳那邊都沒有問我理由就隨口說ＯＫ，是不是也有點問題呢？」

「哎，就算事情過去了沒辦法追究，總之我現在希望能盡快離開這個到處都是我的城市。」

「妳為什麼要這麼排斥？像我認識的創作者，全都因為自己的名字被登在招牌或照片上，就笑吟吟的耶？」

「因為那僅限少數難以置評的人啊。你想嘛，畢竟他們跟你都可以相處融洽了。」

「要這麼說的話，加藤妳還不是……呃，沒事。」

兩人之間，肯定有一道倫也完全無法理解的鴻溝存在——倫也硬是讓自己如此信服，一面還將冷掉的咖啡灌進了喉嚨。

「哎，既然妳排斥，硬拉著妳到處逛也不是辦法。總之，我們先換個地方吧。」

「對不起，讓你費心了。」

「那麼，要去哪裡？」

「我想想喔，再到處走動也嫌麻煩，不然回你家休息好嗎？」

「我倒是無所謂啦……難得出門逛街，弄得跟平時社團活動一樣，妳可以嗎？」

「可以啊。反正那裡最讓人自在。」

……聽在他人耳裡，會覺得好似感情非常成熟的情侶在對話，他們倆卻對此渾然不覺，匆匆地就離開了咖啡廳的席位。

「久等了……來，加藤妳也拿一張吧。」

「這是什麼？」

在咖啡廳結完帳以後，倫也來到惠等著的電扶梯前，還遞了一只疑似裝了卡片，而非收據或找零的包裝袋給她。

「這就是聯名促銷活動的特典啊。購物滿五百圓以上的顧客即送圖樣隨機的特典卡片！」

「……呃～」

「其實這間咖啡廳也是參與活動的店家……有兩張耶，妳要哪一張？」

「呃，我說啊，安藝。」

「可是帳單平攤嘛，所以妳也有權獲得特典……來，拿一張。」

「……真不知道該怎麼說你耶。」

倫也的蠻橫態度一如往常……儘管惠也有感覺到他比平常多了一絲絲貼心，卻還是帶著傻眼的表情一面回話，一面從遞來的兩張卡片之中，隨便選了一張收下。

「好，那我們趕快來開獎！加藤，妳抽到的是什麼？」

「等我一下，呃～……」

於是，既然惠收下了卡片，也就順著他的要求，將外包裝拆開，拿出裡面的卡片……

「我抽到……英梨梨呢。」

「那我這邊是……哦，詩羽學姊耶！」

接著，他們就從卡片上，找到了平時在社團活動看慣的伙伴身影。

「呃，算不算中獎討論起來容易引發各種爭議，所以就不講了，總之幸好沒有重複！對吧，加藤！」

「…………」

「好，那我們走吧，加藤……加藤？」

當倫也把詩羽的卡片收進口袋，準備要搭電扶梯而回頭看向惠時。

惠這一邊，卻依然望著英梨梨的卡片，莫名其妙地不肯從現場移動。

「加藤……？」

「我問你喔，安藝。」

「咦，怎樣？」

「……我們可不可以，再到其他店家繞一繞？」

「啥……？」

後來，原本講好要趕快回家的共識不知道去了哪裡，惠跟倫也就待在艾妥列，將裡頭的專賣店多逛了一小時以上。

……而且，當他們逛到第八家店才總算抽中想要卡片的那一瞬間，惠那種由喜悅與後悔交織，顯得五味雜陳的表情……據說倫也好一陣子都沒能忘記。

不起眼……才怪的艾妥列光顧法（英梨梨&出海篇）

由JR秋葉原站的電氣街驗票閘出站，從眼前的門到一樓。

或者從直通總武線月台的艾妥列1號店驗票閘到三樓。

可稱為秋葉原玄關的艾妥列秋葉原店，目前於此處，有TV動畫《不起眼女主角培育法♭》的聯名促銷活動正在實施……

「哎……哎呀？澤村學姊……？」

「波……波島出海？」

而在聯名促銷活動當中，最受矚目的地點，肯定就是二樓活動區特別設置的精品販賣處。

所以，在如此受矚目的區域裡，澤村．史賓瑟．英梨梨和波島出海這兩位插畫家，會碰巧於群聚而來的顧客人潮中相遇，也算不上稀奇……大概。

「呃，學……學姊在這裡做什麼……」

出海納悶似的問道，而英梨梨就在她的視線前方，兩手捧著滿滿的鋁製徽章、貼紙與其他像山一樣高的精品。

「我……我才想問妳……」

而位於英梨梨視線前方的出海，不知為何正細心地替販賣處的精品改換陳列位置。

「欸，澤村學姊，妳為什麼要買斷自己的精品！」

「我才不想被妳這個到處把自己精品疊在別人精品上面的人講話呢！」

進一步地說，英梨梨手上的精品角色全是金髮；而出海重新排列過的地方，全是用紅髮角色當門面，當中已經任何沒有可以談判的餘地。

「欸，再怎麼說，也沒有相關人員……沒有當事人自己把精品買斷的吧，澤村學姊？」

「有……有什麼辦法！因為在這裡購物滿一千圓以上，就可以拿到原作者寫的極短篇小說特典……」

「那種贈品根本不珍貴啊！」

「我……我只是在買東西而已。並沒有對店方造成任何困擾……」

英梨梨差點被出海凶過頭（對原作者而言）的說詞嚇倒，卻還是使勁站穩陣腳，並且使勁挺胸。

「波島出海！給人大添困擾的反而是妳嘛！把賣不掉的精品攤出來，明顯就是在妨礙店家做生意！」

出海遭受意想不到的反擊，也跟著使勁握起雙拳，並且使勁挺胸。

……霎時間，以有料程度來說已經分出了勝負，但不巧的是當下這場爭執並非以此為基準，因此女人之間的鬥嘴仍要繼續。

「可……可是可是，學姊請看！我的精品就剩這些而已，全都擺在這裡了！換句話說，我是為了拚命找也找不到的顧客才……」

「妳的精品本來進貨量就少啦！不是因為銷路好才剩這麼一點，單純是廠商沒有開產線才少！」

「啊～！啊～！啊啊啊啊啊～！」

「基本上，像妳這種人氣墊底的角色就算再怎麼推銷，也不可能賣得好嘛！」

「因為我戲份少啊，有什麼辦法！一直都有戲，人氣卻常居第三名的角色才叫糟糕吧？學姊這樣可不是認知度低，而是單純人氣低喔！」

「明明妳連館內語音廣播都沒份！」

「與其在有笑點的另外兩個人背後孤單地負責吐嘈，還不如別參加比較好！」

「明明妳在第一季連角色歌曲都沒份！」

「第二季就有啦～～！」

「沒地位的小角色～～～～！」

「妳才是～～～～！」

呃～她們好像隨口就洩露了一些內幕，但是那並不要緊。

畢竟動畫要看到滿後面，才會知道這兩人的敵對關係，而文章裡描述得這麼直接，已經構成重大的劇情洩露了……

註：在店裡買斷商品、擅自移動商品、爭吵及暴力行為一律受到禁止。

隔了幾分鐘後。

「好……好啦，我們吵過頭也會對其他顧客造成困擾。」

「學……學姊說得對……那我們就暫時休戰。」

先不管她們怎麼吵到現在才總算醒悟，英梨梨和出海臉上並沒有掛著笑容，還看得出有抓傷及瘀青，即使如此，她們倆仍舊握了手。

「我忘了重要的事呢……我們在爭的，本來就不是角色人氣。」

「就是說啊……我跟學姊之間不能讓步的，就只有身為插畫家是誰比較高明這一點。」

結果，「不爭、不比、不鬥」的選項，並沒有出現在她們倆之間就是了。

儘管如此，她們仍有了共識，在求取成長與未來這方面找到競爭的理由。

「我可不會輸給妳喔，波島出海……」

「學姊，我也絕對不會輸給妳！」

「……呵呵。」

「啊哈哈。」

於是……

就這樣，面朝前方的兩人，總算取回由衷的笑容。

……之後，又過了幾分鐘。

「啊啊！澤村學姊！」

「什……波島出海？」

與二樓活動區隔了一段距離的某處。

這次聯名促銷活動的另一個吸睛項目，新繪製的海報前面。

「學姊怎麼在別人的海報上塗鴉啊～！」

出海破口大罵，英梨梨就在她的視線前方，右手拿著麥克筆，剛好在出海插圖的臉部加了鬍子。

「說這種話的妳還不是拿了麥克筆，是想幹嘛！」

位於英梨梨視線前方的出海，則是拔了麥克筆的筆蓋，已經處於備戰態勢。

「這……這是因為……剛才，我不是說過了嗎？要靠插畫跟學姊分出高下……」

「沒……沒錯，妳說得對……我們只能用畫圖的方式表達自我……」

「…………」

「…………」

「……所以嘍～！」

「讓我們堂堂正正地，一決勝負！」

於是，爭鬥再次揭幕。

「啊啊啊！在臉上塗鴉就算了，請學姊不要替我的插圖多添肚子上的肉～！」

「我才想說呢，妳別在海報上寫『平胸』的字樣啦！想跟我較量就畫圖，不要用壞話罵人！」

「啊啊啊啊啊！這不是我的插圖，請學姊不要直接在我臉上塗鴉～！」

「欸，妳別動啦，這樣我畫不好嘛！」

註：再三強調，在店裡塗鴉、爭吵及暴力行為一律受到禁止。若無法遵守會請您離開，還請見諒。

不起眼……才怪的艾妥列光顧法（詩羽&美智留篇）

由JR秋葉原站的電氣街口驗票閘出站，穿過眼前不遠處的門，就會來到與車站直通的專店街，艾妥列秋葉原1號店。

「話說妳買了好多書喔～學姊。」

「哎，畢竟最近接連趕稿，完全沒有空吸收文字。」

而在一樓美食廣場的咖哩店內，正面對面將湯匙往嘴裡送的人，則是霞之丘詩羽和冰堂美智留。

換成平時，這對罕見的組合幾乎不可能湊在一起，兩人目前也不像有說有笑，詩羽直到剛才都忙著讀書，美智留則是只顧用餐。

之所以如此，是因為她們倆並沒有特別約好要一起來這個地方……

「冰堂，話說回來，妳會想來這種地方倒是讓人意外呢。」

「咦～是嗎～？」

「是啊，畢竟妳原本並不算圈內人嘛。可是，妳居然會特地拜託我領路，來參觀這種動畫的聯名促銷活動。地點還在秋葉原。」

沒錯，美智留向詩羽提到：「學姊，我問妳喔，艾妥列秋葉原店要怎麼去？」是在短短一小時前發生的事。

當時逛舊書店的詩羽，還有逛樂器行的美智留，湊巧在御茶水車站前碰了個正著。

「呃，總要把握機會來見識一次啊？畢竟這裡貼了這麼多我的海報～」

沒錯，目前艾妥列秋葉原店，正在實施TV動畫《不起眼女主角培育法♭》的聯名促銷活動，繪有「blessing software」成員的海報與精品，會於店裡各處展示或販賣。

「像之前跟LAWS〇N的聯名活動，我也有去參觀喔。我還拿了透明資料夾到櫃檯秀：『瞧，這上面畫的是我～！』」

「妳這個人喔……哎，的確，會在舞台上唱歌的人本來就是這樣。」

先不談那些，儘管二次元和三次元的界線好像變得模糊了，若各位能理解這是由於《不起眼》和艾妥列之間有了二次元和三次元的交融便是甚幸……

「學姊，原來妳對自己出風頭不感興趣啊……」

「對，根本、絲毫、連一丁點的興趣都沒有。」

「虧妳這樣還能當作家～」

「是嗎？」

「畢竟學姊做的生意，是要把自己的痴心妄想賣給其他人吧？那不就是自我顯示慾凝聚出來的嗎？」

美智留這番話雖無惡意，卻又說得太透，不過詩羽的心情倒沒有受到多大影響，還一面露出些許苦笑，一面應付對方有憑有據的指正。

「我自己的『故事』，確實會希望能讓更多人看見……即使如此，我本身還是對受矚目這件事不感興趣。」

「除了一個人以外？」

「……或許，那就是妳這種站在舞台前的『演出者』，和我這種在舞台後竊笑的『幕後人員』之間的差異呢。」

以美智留來說，這又是一句相當切中要害的話，而詩羽面對她的吐嘈，仍靠成熟的應變能力應付過去了。

「霞之丘學姊～妳好酷喔～」

「並沒有那回事喔。」

詩羽用杯裡的水，把吃下去的最後一口咖哩清了清，還一邊讓冰塊在口中打滾，一邊則放眼看向店內貼的海報。

「畢竟，要是這次聯名的對象不是我們本身，而是我的『作品』……」

「比如《戀愛節拍器》或《純情百帕》？」

雖然說，從她眼中看不出類似驕傲、欣喜或羞恥的情緒。

「是啊……到時候，說不定我就會像現在的妳一樣，喜孜孜地逛活動喔？在這種讓人有些害臊的空間。」

不過，卻能窺見一絲絲的羨慕與嫉妒，還有野心之火。

對，實際上，想必有人會喜孜孜地逛活動。至於這指的是誰就不明說了……

「那麼，我們離開店裡吧，冰堂。這是我要付的分。」

「啊，不必了啦，學姊。在這裡吃飯的費用就當作帶路費！」

餐點用完，當詩羽準備將千圓鈔擺到單據上時，美智留匆匆地抓了單據就起身。

「總不好讓妳破費……哎，偶爾一次還算無妨吧。那就謝謝招待嘍。」

「嘿嘿～這才上道嘛！」

詩羽身為年長者，又有○○○○萬的年收……不過對於美智留的好意，她絲毫沒有理由要覺得不快，也就坦然地把自己的錢收回錢包。

「啊，相對地，特典卡片要給我喔。可以吧？」

「那倒是沒有關係……難不成，妳在收集這些？」

美智留提到的特典卡片，是這次聯名促銷活動中令人矚目的措施之一，顧客在參與活動的各類店家消費滿五百圓以上，就能領到以角色圖樣設計的限定卡片。

由於有好幾款卡片隨機發放，據稱要收集齊全會是極為困難的一項偉業，然而那不折不扣就是御宅族所要的精品。

因此，美智留本來絕對不會對那種玩意兒感興趣……

「啊～我倒不是那麼想要啦……不過，阿倫在收集嘛～」

「妳說倫理同學？」

「對對對，之前來這裡的時候，他收集到只缺一種，可是後來就完全抽不中了。」

「原來如此……」

沒錯，原本不管怎麼想，會有興趣的都是身為重度御宅的倫也才對。

所以說，美智留的那種動機，要是跟自身需求相比，就十分合情合理。

「然後呢，聽他說剩下缺的那一張，好像就是我的卡片耶～」

「這……這樣啊……」

沒錯，只要是為了倫也收集，就十分合情合……

「既然這樣，學姊妳想嘛？我只好替阿倫出一分力嘍？」

「……順帶一提，我的卡片呢？」

「啊～那個喔，因為他已經重複五張了，所以連我都有分到耶，學姊妳看。」
「……這……這……這樣啊～」
美智留講著講著，便把東西遞了過來，而詩羽差點捏爛了上頭畫有自己的卡片……
不過，想到那樣做對自己來說實在太不堪，她就設法克制住了。
「哎～果然，被阿倫這麼努力地追求，我總不能不回應嘛～？」
「…………」
「所以嘍，我的卡片快出來吧……為了將我奉獻給阿倫～」
「…………唔。」
『妳應該說，將我的「卡片」奉獻給他才對吧！』詩羽都忘記要這麼吐嘈了。
不知不覺中，她們倆坐的座位開始劇烈搖晃，而構成原因的詩羽仍把腳抖個不停。
「……冰堂。」
「怎樣？」
「吃飯的費用，還是由我來付，這給妳，找零也免了喔。」
「……學姊？」
詩羽說著，就用發抖的手把鈔票遞來，也難怪美智留會露出納悶的臉色。
畢竟，那在不知不覺中已經換成了萬圓鈔，而不是剛才詩羽收回錢包的千圓鈔。

「所以，兩張卡片我都要喔……冰堂，就算抽中了妳的卡片，我當然也不會給妳。」

「啊，好詐～！」

「奸詐就奸詐！想要卑鄙儘管來！我要買到斷貨……冰堂，我會從所有店家，把妳的卡片買到斷貨！」

「學姊在胡說什麼啊！」

「我才沒有胡說！妳可別小看暢銷作家的財力……！」

「欸！這樣太沒有氣度了啦，學姊～！」

哎，經過東拉西扯……

雖然說，美智留依舊沒有惡意，但是種種觸怒詩羽的言行實在過了頭……

於是，詩羽就對她展現了大人在「別種意義上的」應變能力。

不起眼Fantasia大感謝祭二〇一七

「惠，是……是海耶……」

「對啊，倫也，是海呢。」

秋天已至，如今海邊空無一人……並沒有，現在仍是夏天，遊客稀疏歸稀疏，但還是有人在游泳的某處度假海灘。

在Fantasia大感謝祭召開的十月，指定「要因循樂園(Paradise)主題提交女主角穿泳裝的插畫與極短篇」，Fantasia文庫編輯部這樣的思考迴路固然是讓人覺得不太對勁，總之呢，目前我跟惠一塊坐在沙灘，望著大海。

「妳……妳那套泳裝，很合適喔。」

「啊～嗯，謝謝。」

唉，所以嘍，惠身穿泳裝坐在旁邊的模樣……呃，老實說，御宅族也不了解鑲在各部位的荷葉邊有什麼正式名稱，視覺方面的情報還希望各位別依賴文章敘述，看圖判斷就好。

「我……我說啊，惠。」

「嗯～怎樣？」

「我們……可不可以牽手？」

倒不如說，目前我實在沒有心思去敘述那些布料……

倒不如說，目前我要是有空思考那些分量稀少的布料，我更希望能用全力關注身上只有少少幾塊布而顯得衣不蔽體的女生，我就是有這種歪念頭……

「………」

「妳……妳是怎樣啦……？」

然而，面對我那種青少年情懷全開的要求……

「呃，倫也，以往我不管做什麼打扮，你都會『對第一女主角的定位指指點點』，還把我歸在二次元來萌，可是，你今天該不會被三次元的我萌到了吧？以作品概念而言，那會不會淪為普通的愛情喜劇呢？《不起眼》容許那樣嗎？」

「……妳這是什什什什什什什什什什什什什什什什什什什什什什什什什什麼話！」

惠就像這樣，該怎麼說好呢……她居然沒有扮演第一女主角，而是用副總監的觀點，砲火十足地給我打了回票。

「惠，妳妳妳妳妳妳聽好！這部《不起眼女主角培育法》啊，終於在十月迎來結局，妳跟我就可喜可賀地交往了！」

「……洩露劇情不要緊嗎？」

「先不管那些！所以，光是由我跟妳放閃耍甜蜜，以後日談來說完全是可行的！」

沒錯，好比就我們兩個跑去岩塊後面或洞窟……雖然以輕小說而言會觸及尺度。

「咦～表示設定上，目前在這裡的我是大學生，倫也你則是重考生？既然這樣，我們兩個就別來海邊玩了，你應該在補習班努力用功才對吧？」

「別提到設定！還有妳不要洩露劇情！」

「那樣是不是叫作雙重標準？」

……對不起，與其讀這種非正規的極短篇，假如各位對《不起眼》有興趣，還請先閱讀第十三集。

「話又說回來了，假如我對考大學落榜，腦子裡又只會胡思亂想的男生都沒有任何疑問，還跟他在海邊耍甜蜜，感覺那才會讓第一女主角失去格調耶，你認為呢？」

「哪門子的高要求型女主角啊！妳是〇崎〇織嗎！要求全能力值都必須高水準的最終魔王型女主角嗎！」

「就說嘛，不要只是唸我，讀者們最近也有年輕化的趨勢喔。」

「雖然妳最近就算用最終魔王來形容或許也對啦。」

「……………………………………………………………………倫也？」

「看吧，我就是在說妳這種部分像最終魔王！」

我在這個世界上最害怕的……就是惠瞳孔放大的眼睛。

「唉……總覺得，到頭來我們就是培養不出那種氣氛呢。對不對？」

「都是因為妳要左閃右躲吧……」

結果，即使用了這麼多時間和言語交流，我們倆依然連手都牽不了，只是佇立在沙灘而已。

「說真的，在我們開始交往以後，妳淡定的部分還是完全沒變耶，惠……」

「給外人看的部分，多少要保持啊～」

「什麼跟什麼啊？」

於是，在我們像這樣白費時光的過程中，原本耀眼的陽光便不知不覺地變成夕陽，替海面添增紅暈。

「唉……夠了，我們回家吧。」

「……………」

然後，時間拖到最後也沒了，何止沒有耍甜蜜，連游泳都沒有游成，卻感覺莫名疲倦的我撐起身體。

而惠也就跟著我起身……

「欸，倫也。」

「怎樣啦？」

「那邊好像有洞窟，要不要去看看？」

「什……！」

接著，她突然從正面望向我的眼睛，一面緊緊地握住我的手，一面扔下了輕小說不該出現的震撼彈。

……很遺憾，指定的字數寫到這裡就滿了。

若有意見請洽交代格式的Fantasia文庫編輯部。

不起眼 DRAGON MAGAZINE二〇一八年七月號

「欸，惠……」

「…………」

「呃，我說啊……」

「呼……呼……」

「……（戳戳）」

「……好好好，你請隨意～」

「啊啊啊啊啊～！別睡迷糊了啦～惠，妳給我起來～～！」

「呼啊……？」

我終於按捺不住，發出了由憤怒、焦慮、心慌、困惑交織而成又略顯尖銳的聲音，於是惠睡迷糊似的……不，實際上她就是睡迷糊了，還用迷糊嗓音朝我回話。

「妳別穿成那樣睡覺啦……會感冒，我的眼睛也不知道往哪裡擺。」

「啊～對耶，今天好累喔。」

「欸，妳還是迷迷糊糊地沒睡醒嘛。」

既然這部極短篇是跟透明資料夾的插畫搭配成一套，想必諸位讀者也能理解，目前，惠是身穿泳裝橫躺著的。

不過還有一點應該就無法從圖面推測，所以我先做個補充……這傢伙所待的地方，可是在我的床鋪上！

順帶一提，交代要這個情境的是某位總編輯，因此造成唐突感的責任得歸在他那邊……

總之，若還是硬要將整件事情兜攏，我們倆今天是到池袋逛街買東西，然後一起挑了泳裝，惠還講好要在我的房間穿給我看。

接著，大概是白天東逛西逛的累了，不知不覺中，惠就穿著泳裝占據了我的床鋪……

「基本上，妳剛才的『請隨意～』是什麼意思？在這種情況說那句話會不會不太妙？假如我是現充，現在就算不長眼地講出『怎樣啦？妳在挑逗我嗎？』這種噁心的台詞也不奇怪吧？」

「……你不講嗎？」

「…………等一下喔？莫非我的推測命中了？」

「唔～不好說耶？」

「別用疑問句來回答疑問句！會害我猶豫耶，我超疑惑的！」

對一部分沒有奉陪到《不起眼女主角培育法Memorial》的諸位讀者來說，大概會操心我們目前的狀態是不是滿有觸及尺度的風險。

不過，若諸位讀過Memorial，只要聲明當下時間點是在Memorial新寫的小說之後，想必就會體察到不少事情，因此以結論而言就是請大家要讀Memorial。

話雖如此，那張插畫和最後一行文字引發了不少議論呢……對情色遊戲的劇本寫手來說，那屬於理所當然的筆法就是了。

「倫也，你沒有領到免罪符，就真的什麼都不敢做呢。」

「欸，又不是我才會這樣，所有御宅族都……」

「再怎麼宅，我覺得膽小到這種地步的人還是很罕見耶。」

不知道她是還沒睡醒，或者說這位是擅長捉弄人的加藤同學……

惠往上瞟了過來，還用十分勾引人的眼神，凝望著因為自己身上只穿著比基尼，就看都不敢看的我。

「所以嘍，只好由我這邊，來取得平衡……」

「都叫妳別隨口講那種若有深意的台詞了……我的心臟會撐不住啦。」

因此，從她唇裡夾雜著氣息吐露出來的說話方式，也像在替她的眼神及表情背書，非常香豔挑逗，讓人受不了。

「倫也，你真的都沒有變耶～……平時喜歡充場面，一到緊要關頭就會退縮。」

「妳也都沒有變啊……平時我行我素，到了緊要關頭還是我行我素。」

「哎，畢竟對象是你嘛。」

「妳那樣很過分耶……」

「畢竟，我一直，都只有對你這樣啊。」

「啊……」

而且，隨著氣息一同盈落的話語……

對我來說，果然難以抗拒，令人憐愛，令人動心。

「惠……」

「嗯，可以喔，倫也……」

惠再度，閉上眼睛。

這次，肯定不是因為疲倦，而是出自決心。

在春天相逢，在春天互相許諾，然後在春天結合的我們。

為了再一次，加深我們的關係。

「…………」

「……（吞嚥）」

「呼……呼……」

「欸，妳真的太看扁我了吧！」

可是對不起喔？這是普遍級雜誌DRAGON MAGAZINE的附錄……出於總編的意思，故事只能寫到這裡。

緊急討論！不起眼女主角培育法的劇場版將如何演？

某日，KADOKAWA第三大樓……不對，地點在不死川書店辦公大樓的第二會議室。

「所以嘍，今天請到了熟悉的幾位來賓聚集在這裡！請大家多多指教！」

耍起嘴皮子跟往常一樣帶勁，身上則穿著立領學生服的眼鏡男生……也就是安藝倫也的視線前方，有三個顯得跟往常一樣沒勁的女生杵在現場。

「……這是什麼爛企畫啊？看起來就像寫給DRAGON MAGAZINE的番外篇，充滿某人無視角色性又打算玩弄小把戲噱錢的○慰氣息。」

「妳總該察覺每個人都心知肚明卻還是刻意不說出口的理由了吧，英梨梨！」

其中有一人，是敗犬（暫定）金髮雙馬尾，澤村．史賓瑟．英梨梨。

「既然要來這一套，我也做好覺悟了……就用時事哏和射後不理哏塞滿這次的討論，讓整篇內容無法利用在外傳，藉此毀掉某人的如意算盤吧。」

「妳有聽見我在三秒前跟英梨梨說的台詞吧，詩羽學姊！」

其中有一人，是身離情場心不捨的黑長髮，霞之丘詩羽。

「話是那麼說啦，倫也。就算問我們『劇場版將如何演？』，當劇場版的腳本家也在替這場座談會寫腳本時，感覺不就已經夠假的了？」

「妳不能剛開場就把後台祕辛說破吧！那應該要留到最後當笑點收尾啦，英梨梨！」

「倫理同學，何況重要的情報都已經敲定要到十月二十一日，才會在Bellesalle秋葉原舉辦的Fantasia大感謝祭二〇一八舞台活動上發表啊，我們怎麼可能在這裡談論未公開的情報？」

「還有詩羽學姊，不要讓我一再重複同樣的吐嘈，這話我要吐嘈幾次才夠啊！」

「哎，大感謝祭的舞台活動每年都炒作得讓人覺得『或許會有新情報？』，之後就宣布出模型或廣播節目來充數，即使說有新情報，公開的也有可能是深崎暮人老師剛畫好的封面，敷敷衍衍的讓人不太能信任耶。」

「那才沒有敷衍啦，深崎老師的插畫公開出來多有價值，身為插畫家的妳不可能不懂吧！」

「反正這次的舞台活動，至少能公開劇場版標題就謝天謝地了。雖然對報名的人不好意思，但是要談到值不值得專程排隊觀看……」

「沒那回事啦！到時候還有在ｎｉｃｏｎｉｃｏ不會公開的幕後解說，可看處十足，所以請大家務必蒞臨喔！」

這麼說來，不知道今年是否也會找我們當幕後解說……

會的話，希望可以早點說一聲……最好比這篇新短篇的委託來得更早。

「……………………呃～我是不是也該說點什麼才好呢？」

「「「…………啊～」」」

……其中還有一人，大概是近年來女主角之力顯著提升惹的禍，在搞笑方面變得有些不好做文章，因此到現在仍被迫飾演空氣型角色的鮑伯短髮，加藤惠。本節目將由以上四名角色來進行討論。

※　※　※

「所以嘍，明明是內容不長的短篇卻已經用掉兩成篇幅才終於登場的我，要來發表第一句意見了……」

「那妳就別特地用負面感言拉長自己的台詞，只講重點好嗎，加藤？」

「到頭來，安藝，劇場版的製作有多少進展了呢？」

「到頭來，重點全在那上面呢。」

「到頭來，假如內容已經完成了，我們現在再怎麼置喙也不濟事……畢竟事情已經結案啦。倫理同學，關於那方面你有沒有接到什麼訊息？」

「……呃～我有聽聞一部分，但是講出來的話，會洩露誰負責的部分有進展、誰負責的部分沒有，因此ANIPLEX嚴加吩咐過這件事不能外揚。」

「……倫也，連你提到的那些環節，原本也都不應該透露的吧？」

※　※　※

某日，KADOKAWA第三大樓……不對，地點在不死川書店辦公大樓的第二會議室（之前的敘述請當成沒發生過，特此聲明……）。

「所以嘍，今天的緊急議題是在何止沒有腳本，連劇情大綱都還尚未出爐的前題下，請大家來討論『自己心目中的最強劇場版』，請多指教！」

耍起嘴皮子跟往常一樣帶勁，身上則穿著立領學生服的眼鏡男生視線前方，有眼神炯亮充滿熱情朝他看過來的女生、看似傻眼地嘆氣的女生、顯得不感興趣地把玩著智慧型手機的女生，總共三名女生在現場坐鎮。

「有有有！那麼，先從我開始發表！」

於是，當中那名眼睛炯亮的敗……英梨梨立刻舉手。

「畢竟，這次是接續TV動畫第二季末尾，從我受挫和復活後醞釀已久才推出的劇場版嘛，感覺上，用我的重振之路當故事主軸是當然的吧？」

「……英梨梨，可是我們『blessing software』一樣是在受挫後復活的耶。」

「……何況我們這邊會受挫，我覺得理由是出在英梨梨和霞之丘學姊。」

「無所謂啦！連你們的挫折在內，只要由我一個人重振所有事業，讓大家都開心，那不就沒問題了？由我來製作神級遊戲，打倒紅坂朱音，在商業領域大舉成功……」

「我還是覺得那樣只有妳會幸福耶……」

「重要的是之後啦，之後！等我把一切納入手中，並且登上業界頂點的五年後……從我偶然在街上跟倫也重逢以後，才是真正的重頭戲！」

「又是五年後（c○da）啊……」、「這是在講哪款情色遊戲（白色○簿2）？」英梨梨秀了一口讓人不太好吐嘈這些詞的超展開劇情，語氣還越來越激動。

「倫也早已解散社團，還遭到惠拋棄，之後無論做什麼都不順利，嘗遍了人生的辛酸……可是，他跟我重逢以後，命運的齒輪便重新轉動。」

「抱歉，我還是覺得那樣除了妳以外都沒有人會幸福……」

「何況妳這根本是在自肥，澤村……」

「倒不如說，英梨梨只用兩三句話就讓我從故事淡出了耶。」

「以往是青梅竹馬的兩人，命中注定又要在一起……相隔十五年，御宅族將進一步討回他們所失去的！」

「虧妳能滿心歡喜地提出這種絕對不會被採用，而且既自私又非主流還討好不到任何人的方案呢。以寫給DRAGON MAGAZINE的番外篇來看，真不知道是否該說再合適不過……」

「這才不是非主流！只要在網上搜尋『不起眼 劇場版』，就會查到有好多人都在替我設想幸福的結局！」

「澤村，內容農場（註：泛指整理條列出許多資訊，其實都言之無物的騙流量網站）刻意用標題拐那些容易信以為真的人，妳還把他們說的話認真當一回事，未免太好騙了吧。」

呃，說真的，光是「劇場版與原作的劇情發展不同」這句發言，英梨梨的粉絲們就可以從中延伸出妄想，其想像力之宏大總是讓人體驗到新鮮的驚奇感。劇場版仍會努力安排讓英梨梨發揮的場面，還請各位多多關照。

※　※　※

「聽好了，澤村？所謂『心目中最強的劇場版』，並不是要妳編劇情圖利自己。我們非得構思的，應該是最能取悅到觀眾的劇情喔。」

「不……不知不覺中……詩羽學姊說話變得這麼有商業作家的風範了……」

「呃～我想霞之丘學姊在跟安藝認識前，就已經是商業作家了。」

話雖如此，在商業作家當中也是有盡寫圖利自己的劇情，卻依舊大賣的棘手天才存在，所以要小心。

「反正妳嘴巴上這麼說，結果也只會像平常一樣編出『人氣第一的我跟倫理同學甜甜蜜蜜恩恩愛愛～』的妄想，然後口水流滿地吧，妳這黑絲襪淫○妓○。」

「呃～英梨梨？妳這樣打碼並沒有意思要遮吧？」

「哎，用澤村提議的劇情走向也能編出讓觀眾滿意的故事，不過就試著從正面來描繪將焦點刻意放在社團活動的青春塗鴉，你們不覺得也很有趣嗎？」

「咦？」

「詩……詩羽學姊……？」

「我想想，例如說……在我跟澤村離開以後，『blessing software』剩下的成員仍與新加入的成員致力於製作新遊戲……可是，兩人離開造成的傷害實在太大，製作過程觸礁。而那樣的壓力，更使得成員之間的關係逐漸出現摩擦……」

「果然我就是不會幸福嗎……」

「呃～結果，我還是要跟安藝起衝突嗎……」

「反正妳就是會在大家陷入危機時跳出來拯救社團，並且將劇情導向『身為救世主的我跟倫理同學甜甜蜜蜜恩恩愛愛～』（略）吧，妳這（略）！」

「所以嘍，澤村？我啊，已經不打算堅持『女主角非我莫屬』，每次都醜態畢露地互相抬槓，鬧到最後導致自己從女主角競爭中節節敗退，只能在DRAGON MAGAZINE番外篇出風頭的那種戲路了。」

「詩羽學姊，妳對DRAGON MAGAZINE的番外篇是不是有什麼仇恨？」

「沒錯，活躍的到底是社團裡的成員。倫理同學、加藤、還有冰堂與波島兄妹。由他們一同歡笑、一同哭泣，接著在最後迎來最棒的冬季慶典……如此王道而又感傷，感覺簡直可以改編成真人版影集的故事……」

「對不起，詩羽學姊，基於諸多因素，請容我刪掉最後一句意見。」

「霞之丘詩羽，妳……」

「我只要寧靜致遠地分到一點活躍就夠了……從社團成員，從倫理同學背後推一把，幫助他們向前，追隨在我們的後面，然後溫柔地給予關懷就好……妳說是吧？我們能這樣不就好了嗎，澤村？」

「…………」

「…………」

「……妳幹嘛讓自己立地成佛啊？《戀愛節拍器》的最後一話那麼得妳歡心嗎？」

「哎～那部改編漫畫太神了呢。原創的劇情發展跟正篇完全不同，以故事而言也有確實的著落，更重要的是，女主角棒得沒話說……！」

「閉……閉嘴啦啊啊啊啊啊啊啊～！！！」

「英……英梨梨？」

「真討厭呢，澤村。因為自己的外傳漫（略）內容（略），就找我出氣也無助於事喔。要恨去恨（略）」

「呃，對不起，詩羽學姊。我覺得妳那種缺乏氣度的嗆人方式，在DRAGON MAGAZINE番外篇好像就非常有本錢出風頭……」

哎，說真的，詩羽粉絲們高聲呼籲「戀結比正篇更有趣」的感情投入度之高，一向令人深深地生畏。只不過有正篇才會有外傳，懇請各位務必也要移駕至劇院觀影。

※　※　※

「呃……呃～我……我能不能說句話？」

「不行。」

「除了『明天是不是照往常一樣就好呢？』這種確認鬧鐘定時的事項之外，不認同妳有其他意見喔。」

「咦～」

所以嘍，最後的堡壘已經蓄勢完畢，或者以消去法來講碩果僅存的加藤惠低調地舉起了手，早先提案已經不被採用的另外兩支反對勢力，就一如往常地予以駁回了。

可是……

「那……那個，可是我說喔？只要看過這次DRAGON MAGAZINE封面應該就懂了，好歹上封面的是我耶？」

「……加藤？」

換成平時，那個回答完「咦～」之後，應該就會乾脆地退讓而玩起手機的耍寶第一女主角，這次卻沒有太過自愛。

啊，另外根據負責封面插畫的深崎老師表示，這次的浴衣是幕後真身（安野希世乃小姐）在生日活動中穿過的款式，因此希望粉絲也務必要參考看看。

「還……還有，這期的DRAGON MAGAZINE發售後再過三天（九月二十三日），本來就是我的生日，稍微重視一下應該也……」

「加……加藤……？」

不，她何止沒有太過自愛，還變得比想像中更有DRAGON MAGAZINE番外篇的調調（一提再提），對我們進一步地做出要求了。

然而……

「……妳在講什麼嘛，惠。提起九月二十三日，外界會想到的角色不就是從○開始的愛○莉雅嗎！」

「居然落於其他作品，而且還是第二女主角之後，第一女主角（不起眼女主角）也顏面掃地了喲。」

「妳們不要有意無意地讓砲火蔓延到其他作品（從零開○）啦！」

即使如此，兩名敗犬果然也一點都不輸給她。

雖然她們開口刁難時似乎就輸了。

此外，這裡所用到的哏有向該作（從零開○）原作者（長○老師）徵得許可，所以請各位放心。

「呃，那個，那個……基本上，就算從最近的精品銷售動向來看……」

「妳在講什麼嘛，惠！再怎麼說，我跟霞之丘詩羽的銷量加起來也不會輸給妳一個人喔！」

「就是啊，加藤學妹，假如要用數字來壓人，妳應該找波島才是。」

「啊啊，啊啊，啊啊啊啊啊～！別說了別說了別說了，妳們都別說了啦啊啊啊～！」

赤……赤○小姐，恭喜妳結婚。（註：指波島出海的聲優赤崎千夏）

「那……那……那個，不過，即使說推出劇場版，結果也還是《不起眼女主角培育法》啊，跟以往一樣，由不起眼的女主角繼續以第一女主角為目標，才是從過去追隨至今的觀眾們最想看到的故事內容吧……」

「惠……妳最近性子滿拗的耶。」

「是啊，尤其從Girls side3以後。」

「對不起，真的對不起，抱歉把時間順序弄得這麼複雜，但這部極短篇的時間點並沒有安排得那麼後面！」

真的，最近要配合角色在時間順序上的互動關係已經讓人嫌煩了……

「我把話說在前頭喔，惠？起初這部作品在Fantasia文庫發售時，期待妳成為第一女主角的讀者根本、絲毫、連一丁點都不存在耶？」

「在第一集封面是澤村，第二集封面是我的時候，兩大女主角各占一方的時代曾經持續兩年以上喔？妳休想說不記得有這種事。哎，雖然第三集封面的女主角到最後都沒有崛起。」

「好了啦好了啦好了啦，妳們好了啦啊啊啊～！」

呃，○﨑小姐，真的恭喜妳……

「基本上，加藤學妹，妳有想通『以第一女主角的身分散發光彩』是怎麼回事才發言嗎？」

「惠，正如妳自己說的，妳既不會畫圖，也不會寫劇本，只是在協助努力創作的人。」

「而且，社團裡尤其努力的我們已經不在了。」

「這種情況下，妳根本沒有在社團活躍的餘地喔……」

「欸，我說真的，妳們兩個明白我現在快流下男兒淚了嗎？」

「可是，現在社團仍然有出海跟冰堂同學，只要我努力幫忙她們倆，還是有機會活躍……」

「第一女主角只會在人氣第四以及第五名角色後頭當幫手的動畫，妳認為真的會紅嗎，加藤學妹？」

「等一下！就算正篇完結後不會影響到銷量，妳們這次會不會太過火了！」

※　※　※

於是，如此無謂而又激烈的交鋒持續了一陣子。

很快的，彷彿吵得精疲力盡的四個人，就默默地朝半空中凝望片刻……

「……喉嚨實在是渴了。」

「我的腦袋開始覺得累了。」

「會想喝個咖啡呢～」

「我這就去幫妳們買～！」

然後，差點承受不住那種氣氛的倫也，一聽見她們三個嘀咕，就樂得溜出了會議室……不，就出門去買東西了。

「…………」

「…………」

「…………」

……可是，那對被留下的三個人來說，卻是事先靠眼神取得協議，並在巧妙默契下施展出的「趕人技倆」……

「好啦……那麼，既然『主角』已經走了。」

「讓我們來談談『以第一女主角身分散發光彩』的定義如何，加藤學妹？」

「……可是我並不介意只在社團裡活躍耶？」

「妳在說什麼夢話啊，惠？這部《不起眼女主角培育法》，可沒有那麼簡單就能讓妳擔當第一女主角喔。」

「倒不如說，要擔當第一女主角，就非得像她這樣思緒單純……」

「學姊是指……」

「當著noitaminA面前，就用了『青春塗鴉』當宣傳標語，但是那顯然是為了瞞過富士電視台才會便宜行事……」

「無論從外界或宣傳的角度來看，這部作品的本質顯而易見地就是後宮戀愛喜劇……」

「抱歉，我認為把那一點說破還是不太好耶，妳們兩位覺得呢？」

「妳行不行啊，惠？」

「妳真的有自信，能毫不怕羞地完成大任嗎？」

「妳……妳們，在說什……」

「…………」

「…………」

「……對不起，妳們倆能不能關掉放在那邊的錄音筆？」

「就是要這樣才對嘛！」

「雖然說這段談話不留紀錄，我還是會把妳的決心問清楚喔，加藤學妹。」

……因為如此，這次緊急討論的紀錄，就到這裡而已。

之後，三個人受這次討論會的觸發，會以什麼樣的決心迎接劇場版呢？望各位能在劇院親自確認。

（完）

※　※　※

※）以下對話，來自忘記關掉的備用錄音筆音訊。

「咦咦咦咦咦～！等一下，惠！妳什麼時候變得這麼敢說敢言了！」

「根本來講，妳在他本人面前都裝得跟以往一樣，他本人不在就這樣說話，未免太傲慢了不是？」

「哎唷～因為妳們要我講，我才講的，我覺得自己沒有道理要被抱怨耶。」

不起眼女主角回顧法（加藤惠篇）

適逢收錄TV版BD／DVD特典小說集的《不起眼女主角培育法FD2》上市，本企畫請到了各個女主角來回顧TV版當時的內容，並且請教她們對劇場版的自我期許。這次要訪問的，則是在本作品名符其實登上第一女主角之位的灰姑娘，加藤惠小姐。

——首先要請教的問題跟TV版第一季《不起眼女主角培育法》有關。在第一季尤其是開頭，由於製作方打算讓加藤惠這個角色「刻意低調」，聽說戲份就有所節制，對於這部分，請問從飾演者的角度有何感想？

加藤惠（以下簡稱惠）：呃～這我可以直話直說嗎……可以對不對？那我就說了喔，當時我受到的待遇，真的讓人不知道該怎麼講呢。導演先生交代過「總之要面無表情地演得不露情緒」，我認為我有照著要求拚命演，實際開播以後卻發現自己的臉幾乎都沒有入鏡，說起來就連面無表情都沒有意義。

——啊，啊～……不過，妳想嘛，會不會是製作成員有意強調妳身為第一女主角開花結果時的震撼度，才故意將落差放大的？

惠：我不清楚是否是因為那樣，不過，起初好像也考慮過連惠的飾演者姓名都一直不發表，要到開播當天才在ＥＤ名單上亮出來耶？但那樣難免會構成對飾演者的煩擾，據說就沒有採用該方案了。

——最後有受到觀眾歡迎實在太好了呢～～！

惠：就像那樣，只有我的宣傳一直往後延，連促銷企畫的女主角聲援店家數量，跟英梨梨和霞之丘學姊也幾乎差了兩倍。

——呃，當時在原作的人氣排行也差不多是那樣啦！畢竟原作第七集也還沒有出！責任並不是全在製作成員身上！根本來說，那已經不算飾演者的意見了吧！

惠：順帶一提，後來被ＡＮＩＰＬＥＸ質疑當時的做法，還有人莫名其妙地推諉說「呃，那是為了讓舉店聲援惠的ＡＮＩＰＬＥＸ＋保有優勢的策略……」可是那樣對其他店家會不會也很失禮呢？

——對不起，請容我請教下一個問題！接著要問的內容跟第二季《不起眼女主角培育法♭》有關。這次的作品，是在加藤惠已經人氣竄升，蓄勢完成後才推出的續篇，妳身為貨真價實地扛起作品招牌的第一女主角，壓力是否會比上一季還大？

惠：嗯～對於第二集嘛，我想我對製作成員並沒有什麼怨言耶。畢竟我有受到好好呵護，在配音名單上的順序也排到前面了。

——跟主角倫也演對手戲的那幾集，也充滿了與惠相關的可看之處呢！

惠：啊，對了。我對製作成員是沒有怨言，不過在第二季倒是有許多意見想告訴主角呢。

——呃，這並不是為了找地方抱怨而做的專訪……

惠：總覺得第二季的倫也……我是指安藝，跟第一季比起來窩囊度高了許多呢。以往的安藝就算不夠細心，還是會靠著一股勁堅持下去；或者對別人的心思渾然不覺，讓人覺得「誰教他就是這樣嘛，沒辦法」……

——妳有沒有聽見我剛才的回話？

惠：該怎麼說呢。感覺他多了一點小聰明吧？開始會若有若無地設想對方的心思，對自己的想法遲疑，而且因為他對那些並不熟練，每次都弄巧成拙……真的，看在旁人眼裡好讓人生氣。

——欸，妳根本不是旁觀而已吧！妳也有發脾氣、抱怨和說教啊！

惠：那是當然嘍。畢竟說到安藝當時有多窩囊……他居然兩個月沒有來道歉，都放著我不管耶……！

——等一下等一下等一下！那件事已經結束了吧！妳現在講的內容，跟第八話一樣嘛！

惠：沒關係啊，第八話評價很好。換句話說，無論我要怎麼抱怨安藝，以作品而言何止完全沒有問題，還可以受到肯定。

——幹嘛突然翻臉不認帳啦！夠了，第二季的事情就談到這裡！換下一個問題！關於劇版版《不起眼女主角培育法Ｆｉｎｅ》！

惠：……啊～

——正式片名終於發表，迎接發片的話題也越漸熱絡，請問拍攝工作是否順利呢？

惠：呃，製作成員有交代，發言不可以透露出目前的製作進度～

——那麼，麻煩妳對惠在劇場版的定位或魅力發表一句感言。當然是在不至於洩露劇情的範圍內。

惠：定位或魅力是嗎……我想想喔，唔～唔～……唉～

——等一下！態度幹嘛這麼憂鬱！比初期的淡定態度更惡化了嘛！妳是不是越來越背離加藤惠在觀眾心目中的形象了？

惠：還不都是倫也害的……

——呃，這次幹嘛又一副幽怨的眼神？妳想說是我害的？剛才妳直接斷言了！

惠：倫也的態度都跟以往一樣，反而讓人不知道該怎麼說呢……這次，你飾演那樣的角色就不會難受嗎？

——不……不是，這個……妳想嘛，要拍出好的電影，非得確實投入於角色之中啊，對吧？

惠：話是那麼說沒錯……跟以前相比，感覺更不能一笑置之了耶……唉～

——呃，採……採訪差不多該收尾了，所以進入最後的問題吧。麻煩妳向期待劇場版的粉絲們說句話。

惠：隨他們去期待不就好了嗎？

——欸，我說妳喔，怎麼用這種態度……

惠：畢竟有的觀眾看到我越難過，心裡就越高興，我想的並沒有錯吧？

——呃，這……這話是什麼意思……

惠：……唉～

——感謝妳今天接受採訪～！

不起眼女主角回顧法（澤村・史賓瑟・英梨梨篇）

適逢收錄TV版BD／DVD特典小說集的《不起眼女主角培育法FD2》上市，本企畫請到了各個女主角來回顧TV版當時的內容，並且請教她們對劇場版的自我期許。這次要訪問的，則是跟主角因緣匪淺的青梅竹馬，金髮雙馬尾女角，澤村・史賓瑟・英梨梨小姐。

——首先要請教的問題跟TV版第一季《不起眼女主角培育法》有關。提到第一季的澤村英梨梨，展現過的面貌就有冒牌千金小姐、傲嬌、同人投機客、蘿莉英梨梨、迷糊蛋等等，讓人印象深刻……

澤村・史賓瑟・英梨梨（以下簡稱英）：你從訪談一開頭就很敢講耶，倫也……

——呃，設定上我這次並不是從角色的立場講話，純屬採訪人員。

英：既然你堅稱自己是採訪人員，發問的態度就要再淡定一點。

——好比說，「啊～是喔，說得也對～」這樣？

英：不是那種淡定啦！你擔任採訪人員，講話卻充滿先入為主的觀念和惡意，這才是我在抱怨的！仔細聽好嘍？在《不起眼女主角培育法》這部作品，原作頭一個上封面的人，還有最先在光碟包裝上單獨亮相的人，說穿了都是我耶？

——的確呢，最先推出抱枕的也是妳。雖然模型商品化被詩羽學姊搶先了。

英：沒錯，算得上開山女角！即使說我是構成這部作品主幹的最重要角色也不為過！

——說得對。雖然第三話就被加藤輕易超車了。

英：何況！以外表而言，更是集金髮、雙馬尾、及膝襪這些萌系象徵於一體，跟體育服、蓬頭亂髮、土氣眼鏡形成的超大落差讓人萌上加萌，造型可謂外掛級！

——是啊是啊，或許就是像這樣多方討好的關係，使得粉絲格外核心化，成了讓人好惡分明的角色。

英：還有！握有作品實權的某位製作人（現為某董事長），據說最中意的角色也是我……

——啊～一開始確實是那樣。不過播完以後，他卻轉為支持只在最後一集登場的藍子了。

英：那……那……那個叛徒～～！都是你害的，都是你害的！我在第一季每播一集，人氣就越來越往下滑～！

——……我倒覺得妳每次都這樣自曝其短也是原因。

英：啊～夠了！不談第一季！那麼，接下來就聊第二季《不起眼女主角培育法♭》的相關話題！

——欸，主持的是我耶……算了，那就來談第二季。這次的作品中，過去大多擔任喜感救援的英梨梨，曾在稿期與品質的夾縫間掙扎，還因病倒下、陷入低潮、在創作上有所覺醒，於戲裡的活躍既嚴肅，又關係到故事主幹……

英：沒錯沒錯，就是那樣！正是你說的那樣喔！主角要到後來才亮相！以往藏起本事的真正女主角終於降臨嘍！

——哎，與其說是經過成功、挫折與努力而成長的女主角，妳的立場比較像主角就是了。

英：再說，我跟鬧翻八年的青梅竹馬總算和好了，對不對？

——那……那個嘛……是啊，妳說得對。雖然在第八話就讓加藤搶去所有風頭了。

英：……你果然對我還是有話想講吧？

——不……不是啦，「咦～沒有那回事喔～」。

英：你別模仿惠啦，根本就不像！從你隻字片語中流露出來的那股惡意到底是怎樣！

——咦～我非得講理由嗎？

英：八年前，我確實背叛了你，還一直不理你，一直都不承認自己的錯，好不容易道了歉又立刻在三個月後輕易背叛……

——有夠誇張的耶！妳對自己搞了什麼飛機完全有自覺嘛！

英：可是，那些不是都在第二季最後一集勾銷掉了嗎！假如你要像這樣永遠把帳記在心裡斤

斤計較，不只是我，連大●小姐都會鬧脾氣的喔！（註：指英梨梨的聲優大西沙織）

——對不起，拜託妳們千萬別那樣！所以嘍，趕快將第二季的話題結束，進入正題！接下來要談的就是關於《不起眼女主角培育法Ｆｉｎｅ》！

英：原作是走惠的結局。漫畫版《戀愛節拍器》是走霞之丘詩羽的結局……而且在這次的劇場版，原作者有親自講明「故事從第二季的時間點就已經和原作不同了」……根據以上跡象，有股強大的風氣認為在這次劇場版《不起眼女主角培育法Ｆｉｎｅ》就會輪到我，澤村．史賓瑟．英梨梨的結局……

——一開始就講過了吧？妳的粉絲都核心化了，聲音特別大。

英：就算那樣！在這個業界，圈住那些核心粉絲做生意也是十分可行的做法！對吧？

——的確。我也覺得這部作品本來就在用那種方式做生意。

英：沒錯！換句話說，我有充分的勝算！而且，只要贏的可能性並非為零，我就絕對不會放棄！

——妳變得積極正向了呢，英梨梨……不對，妳不服輸的性子是之前就有的。

英：看著喔，倫也？我絕對不會放棄第一女主角的位子……無論是身為創作者的成功、跟紅坂朱音之間的較量、還有……我都不會輸喔？

——是啊，我懂了……不過，我也不能輸給妳。

英：那還用說，畢竟你是主角嘛。

——是啊！在第一季和第二季，我確實都還沒有留下任何成果……正因為如此，這部劇場版就是上天最後留給我的機會。

英：這一次，你非得用自己的力量完成呢……完成你心目中，最強的美少女遊戲。

——那當然！起碼在最後，我也要拿出主角的風範把事情搞定！跟妳一樣，我絕對不會輕言放棄的！

英：我們彼此，可都不能輸喔。

——是啊，這一次，我不會把主角的位子讓給妳！

英：呵呵……

——啊哈哈……

英：那麼，拿出主角風範以後，你最後會選誰？

——感謝妳今天接受採訪～！

不起眼女主角回顧法（**霞之丘詩羽**篇）

適逢收錄ＴＶ版ＢＤ／ＤＶＤ特典小說集的《不起眼女主角培育法ＦＤ２》上市，本企畫請到了各個女主角來回顧ＴＶ版當時的內容，並且請教她們對劇場版的自我期許。這次要訪問的，則是主角憧憬的對象，黑長髮黑絲襪年長型女角，霞之丘詩羽小姐。

——首先要請教的問題跟ＴＶ版第一季《不起眼女主角培育法》有關。提到第一季的霞之丘詩羽，尤其突出的便是……

霞之丘詩羽（以下簡稱詩）：在那之前，我倒有話要問你，倫理同學。

——姑且來講，設定上我這次並不是站在角色的立場，純屬採訪人員。

詩：這種訪談本來就不該找角色發表意見，應該請茅……配音員小姐來回答才對，不是嗎？

——啊～那會跟DRAGON MAGAZINE或其他動畫誌衝突到，企畫過不了，因此只能由我們這些角色來設法。妳想嘛，也有所謂的劇中角色談話音軌啊？

詩：不過，簡單來說那並不算配音成員的意見，形同原作者或腳本家唱獨角戲吧？如此便會失去意見的多樣性，被迫將演出整合為同一調性。沒錯，好比飾演女主角的配音員，就無法脫口說出「我最討厭這個男主角」來挑釁粉絲，藉此活絡氣氛……

——拿工作人員或製作公司做文章是無所謂，拜託別把矛頭指向配音員好嗎！總之我們帶回正題啦！提到第一季的霞之丘詩羽，尤其突出的便是第六話〈兩人在夜裡的選擇〉……

詩：啊，第六話是嗎……無論作畫或演出，更重要的是連同女主角魅力在內，確實都可以視為第一季裡登峰造極的一集。比如詩羽的決心以及搖擺的心意，可看之處大有所在。

——就是啊！我正想問詩羽學姊……呃，在此希望能請教詩羽小姐當時所懷的心境……

詩：不過，網路上流傳最廣的，卻是我穿絲襪那一幕的gif動畫檔，真不知道該怎麼說。哎呀，我不期然地剽竊了加藤學妹的講話方式呢。是不是該在這裡添註版權資訊？不過她那句台詞原本就是從其他地方借用過來……

——NG！這段話在各方面都NG了啦！不要用這種會涉及版權灰色地帶的哏！

詩：不要緊。反正這是寫完就棄的店鋪特典。

——即使學姊那麼說，店鋪送的這種極短篇都已經規劃好了，遲早會重新收錄到文庫啦！

詩：我就是看不慣那種權宜手法才故意攪局，為什麼你都不開竅！

——我懂啦！編輯部全盤知情也都故意不過問的！所以我們換下一個問題。接著要問的內容跟第二季《不起眼女主角培育法♭》有關。在此果然得提到跟第一季六話成對的第四話，〈三天兩夜的新路線〉呢。

詩：折騰了一番呢……哭過睡過振作起來洗完澡又哭，到最後甚至裸身披上襯衫……

——呃，回……回想起來似乎會有許多不太妙的情緒湧現，但這次希望詩羽小姐能談談當時的心情……

詩：衣服白脫了。

——呃～…

詩：要我說幾次都行。衣服根本白脫了。從全裸的入浴場景開始，到白襯衫透出黑色內衣的特殊癖好描寫，之後還躺在床上露出胸口用不檢點的模樣示人，最後一刻卻被黑長髮的加藤學妹搶走了所有甜頭！

——等一下！該吐嘈的地方太多，層面還分得太廣，我來不及反應啦！

詩：真的，那隻狐狸精真是好本領！簡直像被迫重溫了一遍第一季六話那樣的再見逆轉敗，我脆弱的心靈都殘破不堪了！

——那句「狐狸精」的口氣逼真過頭了啦，別說了！還有能詛咒得這麼深的人，心靈才不會脆弱啦！

詩：何況這之後，還有我跟澤村在第九和第十話的脫隊劇情……活像是為了把加藤學妹捧成第一女主角，才會硬拗這種沒有任何人想看的情節，簡直臭不可聞！

——不不不不，那段情節從故事上來講是必然中的必然！詩羽學姊和英梨梨身為創作者要有所成長，劇情就必須那樣安排啦！

詩：讓女主角登上倫理同學……不對，登上男主角根本追不到的境界哪有意義嘛！這樣男主角不就沒有存在意義了嗎？乾脆全部讓我們兩個去闖不就行了？

——敬請期待劇場版！這部分就先這樣了！所以換下一個問題！正是關於劇場版《不起眼女主角培育法Ｆｉｎｅ》！

詩：劇場版……

——沒錯，劇場版！正式片名終於發表，迎接發片的話題也越漸熱絡，請問拍攝工作是否順利呢？

詩：……呵……呵……呵呵呵呵呵。

——詩……詩羽學姊？

詩：好久……真的好久……我盼的就是這一刻。沒錯，之所以在第一季和第二季連輸兩次，一切都是為了在第三次贏回來！

——咦？學姊會贏？啊，沒有，我說這話並不是會贏很奇怪的意思……只是以市場需求來講沒問題嗎？

詩：沒問題，連第二季演了●●情節就棄我而去的那些粉絲，看到這部劇場版必定會回心轉意……沒錯，安排在第二季最後一集Bpart的伏筆將一舉回收，九局下半兩出局滿壘時還能轟出逆轉滿貫砲的結局正在等著大家！好好期待吧，我的僕人們！

——奇……奇怪？對不起，可不可以讓我確認一下詩羽學姊手上的劇本？

詩：劇本？這種純屬參考資料的小冊子有何意義可言？明明史上最強的劇作家兼演出家、戀愛的魔術師，霞詩子就在這裡喔？

——那……那個～雖然我想應該是不會啦，不過，莫非妳連劇場版的情節都要插嘴出意見……

詩：呵呵呵，你看著好了，倫理同學。某位製作人（現為某董事長）會隨口提到「劇場版的片名就取作《不起眼女主角培育法c○da》吧」（對周遭情況一無所知），話裡頭是什麼含意，你大可親身去體會！

——那句話現在講出來行嗎？那不是要預留給DRAGON MAGAZINE或其他動畫誌的題材嗎！

不起眼女主角培育法

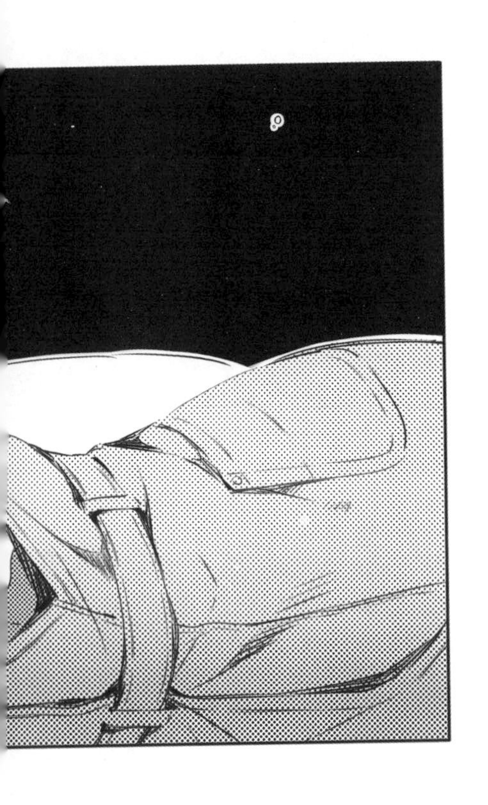

Chapter 3

配音成員專訪

Cast Interview

[飾加藤惠]

安野希世乃

Kiyono Yasuno

INTERVIEW

Q1

安野小姐在《不起眼女主角培育法Fine》若是有印象深刻的場景，或者最喜歡的場景，請跟我們分享。

在劇場版的Fine，充滿了我希望惠展現的面孔，多到難以挑選（笑）。對話中玩弄心計而有趣得讓人印象深刻的部分，果然就是跟安藝用網路通訊以及在車站月台長椅上的場景。明確地自覺到彼此互相吸引之後，將距離逐漸縮短的過程，飾演起來也會覺得難為情，從中可以感受到感情累積的樂趣。還有就是最後的大結局！

Q2

長達兩天的錄音過程中，最辛苦的是什麼部分？

自覺到情意，反應不再淡定，情緒湧現以後將表情變來變去的惠，讓我苦心追趕了很久。彷彿訴說著「這是以往都保持♭的分！」而表達出豐富感情的她，十分地可愛有魅力。以往不太會展露的脆弱面也變得若隱若現，讓我覺得她卸下防備敞開了比較軟的那一塊，令人疼愛。我盡可能努力地奏出了她那樣的心聲。

Q3

劇場版有描繪出模樣變成熟的惠，請問您在飾演時注重過什麼環節？

惠跟安藝成長為打從心裡互相信賴、互相扶持的大人了，我希望能展現那一面，為了用氛圍來表達理想的相處關係，我最為重視的是在互動上要有柔和的溫度感。結果，以氣氛而言是不是變得稍微寵對方過頭了呢？我也這麼顧慮過，不過，後來我轉念認為這才是常態。意外積極的惠也很棒，不是嗎？在最後一場戲，我是滿懷著喜愛社團所有人的感情，並且為重逢而慶幸的心來進行飾演。

Q4

麻煩您在最後向《不起眼》的讀者們說句話。

由衷感謝各位一直陪伴《不起眼女主角培育法》到最後。我很高興能在各位的關懷下，將惠飾演到最後一刻，高興得無以復加。觀賞過劇場版的你，內心會萌生什麼樣的感情呢？或許你會變得不想跟大家分開，還希望看到後續。我也是一樣的想法。能邂逅讓人這麼想的作品，真的很幸福。希望各位永遠別忘記，這段一路走來既幸福，有時卻又讓人哭到心坎裡的故事。請來與我們相見，無論幾次。透過從原作誕生的電視劇集，還有劇場版，我有幸成為這部作品的一分子。跟惠還有大家度過的日子，是我此生的寶物。丸戶老師、深崎老師，真的辛苦你們了！

安野希世乃 Kiyono Yasuno

七月九日生。隸屬avex pictures。主要代表作有《星光閃亮☆光之美少女》飾演太陽天使／天宮愛蓮娜、《超時空要塞Δ》飾演要．巴卡妮雅等等。

［飾澤村·史賓瑟·英梨梨］

INTERVIEW

大西沙織

Saori Onishi

Q1

大西小姐在《不起眼女主角培育法Fine》若是有印象深刻的場景，或者最喜歡的場景，請跟我們分享。

動人的場景太多，反倒不好選……以英梨梨來講是在詩羽懷裡哭泣的場景。那一幕真的很重要，對英梨梨來說是在「戀愛」方面非得大幅跨出去的場景。其實在錄音日之外的另一天，我重新錄過這一幕！我跟導演有過相當細微的摩擦，就再次上場挑戰了。因此希望各位能細細地觀看。

Q2

長達兩天的錄音過程中，最辛苦的是什麼部分？

英梨梨的重要場景都塞在電影後半段，因此第二天錄音非常辛苦……！這次英梨梨有許多情緒動搖的場景，每次一到哭戲，我的心靈就會跟著磨耗（笑）。從動畫第一季算起，我跟英梨梨已經相處了很長一段時間，所以我自然而然就豁出感情錄音了！

Q3

劇場版有描繪出模樣變成熟的英梨梨，請問您在飾演時注重過什麼環節？

我最注重的是和霞之丘詩羽的距離感！儘管以往身為工作伙伴，身為拍檔都建立了良好的關係，但兩個人在成長為大人後就變成了比以往更加完美的搭檔！她們會用名字互稱，還有了心靈相通的默契。我便拉近了雙方內心的距離來演出！

Q4

麻煩您在最後向《不起眼》的讀者們說句話。

終於到了完結的這一刻……！在感到萬分落寞的同時，我真的很高興能為角色賦予生命直到完結！而且角色們也有在電影裡……才看得到的未來！請各位務必蒞臨劇院觀影！以上感言是來自飾演英梨梨的大西！

大西沙織 Saori Onishi

八月六日生。隸屬I'm Enterprise。主要代表作有《在地下城尋求邂逅是否搞錯了什麼外傳　劍姬神聖譚》飾演艾絲·華倫斯坦、《偶像學園Friends!》飾演艾麗西亞·夏洛特等等。

［飾霞之丘詩羽］

茅野愛衣

Ai Kayano

INTERVIEW

Q1

茅野小姐在《不起眼女主角培育法Fine》若是有印象深刻的場景，或者最喜歡的場景，請跟我們分享。

英梨梨和詩羽決心向前進的場景。詩羽學姊在這次劇場版讓人覺得成熟的場面特別多，若是各位讀過原作，或許對她毅然的那副模樣就會感到更加惆悵。

Q2

長達兩天的錄音過程中，最辛苦的是什麼部分？

總之收錄的時間相當長，為了不讓專注力中斷，我們一邊互相勉勵，一邊克服過來了……！跟登場人物們一樣，大家收錄後也有在錄音室乾杯，每個人都帶著圓滿完成任務的笑容。連工作成員在內，我認為就是有如此的班底才能在這兩天奮鬥到底。

Q3

劇場版有描繪出模樣變成熟的詩羽，請問您在飾演時注重過什麼環節？

沒想到在片尾名單播完後，會有詩羽學姊妄想中的故事開演，各位應該作夢都想不到吧（笑）。

成熟的詩羽學姊依舊嫵媚而淘氣，我演得很愉快！

跟英梨梨完全合拍的場景，讓人感受到她們倆之後一直相互扶持，並且切磋琢磨過來的這段時光，能演到這一步實在太好了……！我有這種心滿意足的想法。

Q4

麻煩您在最後向《不起眼》的讀者們說句話。

可以像這樣將一名角色飾演到最後，是非常非常幸福的事，也相當於奇蹟。

對聲援至今的各位觀眾，我是懷著感謝之情來飾演的，因此各位若願意領情便是我的榮幸。

感謝你們！

茅野愛衣 Ai Kayano

九月十三日生。隸屬大澤事務所。主要代表作有《我們仍未知道那天所看見的花的名字。》飾演本間芽衣子、《普通攻擊是全體二連擊，這樣的媽媽你喜歡嗎？》飾演大好真真子等等。

[飾波島出海]

INTERVIEW

赤崎千夏

Chinatsu Akasaki

Q1

赤崎小姐在《不起眼女主角培育法Fine》若是有印象深刻的場景，或者最喜歡的場景，請跟我們分享。

惠對倫也宣言「我不能當第一女主角」的場景讓我印象深刻。正因為能理解雙方的想法，那一幕看了便令人難受。

Q2

長達兩天的錄音過程中，最辛苦的是什麼部分？

關於實際收錄，我是沒有操勞到的部分，不過因為收錄時間相當久，點心就有強烈誘惑力。各種看似美味的補給品顯得十分耀眼。

Q3

劇場版有描繪出模樣變成熟的出海，請問您在飾演時注重過什麼環節？

出海在劇場版變得會察言觀色、鼓舞身邊的人，有描寫到她精明能幹的一面，身為社團的權衡者好像滿有成長呢？我有這種感覺。因此即使出海長大了，我仍有心保留她的學妹感，並且讓她努力於協調大家的關係。不過，一有契機就會使性子的部分還是沒變（笑）。

Q4

麻煩您在最後向《不起眼》的讀者們說句話。

劇場版充滿了至為細膩的講究。

雖然並沒有華麗的動作戲碼，但是角色搖擺的心思都經過仔細刻劃，希望各位務必來劇院觀賞，沉浸在《不起眼》的世界裡！

赤﨑千夏 Chinatsu Akasaki

八月十日生。隸屬81 Produce。主要代表作有《我女友與青梅竹馬的慘烈修羅場》飾演春咲千和、《中二病也想談戀愛！》飾演丹生谷森夏等等。

INTERVIEW

［ 飾冰堂美智留 ］

矢作紗友里

Sayuri Yahagi

Q1

矢作小姐在《不起眼女主角培育法Fine》若是有印象深刻的場景，或者最喜歡的場景，請跟我們分享。

惠說「合格，了喔」那一幕真的很可愛。安野小姐的天使嗓音將惠的可愛發揮到極限，只能用「尊貴」來形容而已。

Q2

長達兩天的錄音過程中，最辛苦的是什麼部分？

我個人是在跟睡意搏鬥（笑）。由於錄音工作持續到深夜，眼睛變得很乾澀，相對地，結束後的成就感便不同凡響。

Q3

劇場版有描繪出模樣變成熟的美智留，請問您在飾演時注重過什麼環節？

從學生時期維繫到長大成人的交情，相當可佩呢。雖然台詞不多，希望能表達出長年相處的氛圍，還有眾人在那當中的平衡依舊不變，我是抱著這樣的想法來飾演的。

Q4

麻煩您在最後向《不起眼》的讀者們說句話。

能在劇場版迎來這部作品的結局，我認為是拜各位的支持所賜。請各位務必要在劇院見證不起眼女主角的最後結局。請多多關照。

矢作紗友里 Sayuri Yahagi

九月二十二日生。隸屬I'm Enterprise。主要代表作有《川柳少女》飾演片桐天音、《命運石之門0》飾演比屋定真帆等等。

INTERVIEW

［飾安藝倫也］

松岡禎丞

Yoshitsugu Matsuoka

Q1

松岡先生在《不起眼女主角培育法Fine》若是有印象深刻的場景，或者最喜歡的場景，請跟我們分享。

要提到印象深刻的場景，基本上全部都可以算進去耶。在眾多場景中，跟惠之間的故事鮮明生動，我真的很喜歡和她演對手戲。尤其是等電車的那一幕，倫也！！！！你不能在那種情況提那件事啦！當中發生的情節讓我非常心疼。惠的說詞也很能讓人理解喔，但倫也實在有點自我中心過了頭，連在錄音現場，女性成員們也表示像倫也這樣（笑）是不行的啦（汗）。

不過也因為那段戲就是這麼容易投入情緒，我相信自己飾演倫也是有盡心盡力去表現。

Q2

長達兩天的錄音過程中，最辛苦的是什麼部分？

全都很辛苦喔！我想總共錄了約25小時，對手戲的細膩度、印象差異、重錄次數，在全方面都是前所未及的。

正因如此，我認為成果非常理想。我將自己目前所會的一切都灌注進去了，希望能讓大家滿意！

雖然所有人最後都累得精疲力竭，感覺還是靠氣勢與專注力撐過去了。

Q3

劇場版有描繪出模樣變成熟的倫也，請問您在飾演時注重過什麼環節？

由於變成熟的那一幕是終點，反而給我相當容易飾演的印象耶，剔除片尾的「那一段」不談（笑）。

我深切體認到每個角色都變成熟了，與此同時，雖然每個角色都發生過許多事，但還是落在良好的來往關係，更進一步地說，《不起眼》確實完結了的落寞感一口氣湧上心頭，不過結局爽快到了極點。倫也就這樣成為男子漢了呢（笑）。

不過倫也！你還是一輩子都讓惠騎在頭上吧！這也是為了你好！更是為了她好！那樣才會常保安康！還有你們放閃到永生永世吧！

Q4

麻煩您在最後向《不起眼》的讀者們說句話。

我想，由女性與男性來看，這是在能否共鳴的部分會有極大落差的作品。不過最後看完這部作品實在太好了，能認識《不起眼》真的太好了！故事的收尾會讓人有這種感覺，因此敬請期待！

進一步地說，無論是哭是笑，這次真的是完結篇了。我認為《不起眼》的完成度可以讓各位都滿意，因此這會是一部值得多看幾遍，多懊惱幾遍，然後讓內心多溫暖幾遍的電影。

能參與《不起眼》這部作品，我真的覺得太好了！

由《不起眼》相關人員傾全力完成的《不起眼》！請各位務必多享受幾遍！

松岡禎丞 Yoshitsugu Matsuoka

九月十七日生。隸屬I'm Enterprise。主要代表作有《刀劍神域》飾演桐人，《食戟之靈》飾演幸平創真等等。

導演&原作者專訪

Creator Interview

INTERVIEW

［動畫導演］

亀井幹太

Kanta Kamei

Q1

劇場版是將原作相當於第二部的內容改編成影像。請問龜井導演是否能分享當中所重視的場景或者重頭戲呢？

倫也與惠、英梨梨與詩羽，這兩條主線的情緒起伏。大致上的走向無異於原作，但是為了控制在電影片長內，丸戶先生重新構築出來的台詞十分精彩，因此我有注重演技、表情來進行製導。

Q2

適逢劇場版開拍，擔任原作的丸戶先生、深崎先生有沒有提出什麼要求？

深崎先生是從電視劇集一路合作過來的，因此他有對我寄予「萬事拜託」的信賴。至於丸戶先生……連製作電視劇集時，好像也只提過「請容我對絲襪的描寫說句話」……我記得的頂多就這樣而已。驗收分鏡時他是有對幾場戲提出了建議。

Q3

您在本作是以總導演的立場執鏡指揮，不過在委由劇場版導演柴田先生畫分鏡／排戲之際，您對他有過什麼樣的請託呢？

這也是我對自己要求的指標就是了，要點在於希望能構思劇場作品獨具的演出，以及這是展現女孩子魅力的作品。

為此，我拜託的是要在畫面構成多下工夫。

簡單來說就是沿襲電視劇集的作風，製作能觸動癖好的圖。

這一次由於正經戲碼較多，我們彼此都吃了苦頭。

關於演出方面，我本來就是心懷信任才會相託此事的，因此都委由他操刀。

Q4

片尾名單播完後，有畫出角色們變成熟的模樣。龜井導演負責畫分鏡／排戲，留心的是什麼部分呢？

「惠已經得到幸福所以夠了。我想看英梨梨和詩羽的幸福未來！」有大人物這麼交代，所以我便如此安排，讓觀眾感受到她倆都有走出開心的人生路途。

順帶一提，原作裡有英梨梨和詩羽以名字相稱的戲碼。丸戶先生曾拜託「希望在寫腳本時能安排進去」，我便放到了這一幕。這場戲有營造出對她倆來說形同理所當然的氣氛。

亀井幹太 Kanta Kamei

動畫導演、動畫師。在《不起眼女主角培育法》劇集擔任導演，在劇場版《不起眼女主角培育法Fine》則擔任了總導演。

INTERVIEW

丸戶史明

Fumiaki Maruto
(Author)

放了滿滿的感情
在倫也與惠的吻戲

——請跟我們分享您在《不起眼女主角培育法Fine》希望大家注目的場景，或者別有感情的場景。

以原作小說來講，第八集、第九集、GS2這幾冊穿插了各式各樣的劇情，然而位於骨幹的主題仍是「惠與英梨梨重修舊好」。第二季♭的最終話已經對這部分有所著墨，因此在劇場版不會演。於是，總不能對英梨梨在第九集的劇情絲毫未提就直接把詩羽在第十集的劇情寫進戲裡，那部分便刪除掉了。原作的第二部開演之後，到底是從第十一集才讓我起意踩下油門衝到底，因此這次劇場版承接♭的結尾，索性將設置伏筆的那些劇情省略掉，由高潮戲導入，這便是我在劇場版意識到的部分。所以故事就從相當於GS2最終章的美智留開演唱會那一幕演起了。

——在劇場版當中，要說到別有感情的場景會是哪一幕？

對於這部劇場版，看過的觀眾彼此要聊感想，某些部分不是會讓人略有顧忌嗎？但是要提到別有感情的部分，到底還是那段有顧忌的部分。換句話說，就是倫也與惠的吻戲。以原作來講，那段吻戲是在第十三集的第一章。換成其他小說，會在第一章那裡就完結呢，從劇情而言。雖然從打情罵俏到接吻，原作花了30頁之多的篇幅（笑），要在劇場版重現那場戲就得花十分鐘左右，我覺得那樣應該不行。時間上有限制是早就明白的，那該怎麼辦好呢？思考到這裡，從龜井幹太總導演那裡就給出了一項提議。原作裡有用兩行描述到，在那之後，當天他們又吻了兩次。一次是倫也主動，另一次是惠主動。龜井總導演就提議「一次是由惠主動」的戲絕對要加進去。考量到連那一點都規劃進去要怎麼呈現，戲就安排成那樣了，大致是如此。所以他們在那一幕固然吻了三次之多，倫也卻還是十足的處男調調（笑）。

——接吻後也相當手忙腳亂呢。

本來就沒辦法說吻就吻嘛。明明惠都已經表示完全OK了。倫也無法輕信對方好意的特質，在那一幕也有表現出來，然後就搞砸了，含接吻失敗在內，都是經過講究寫出的戲碼。

——最後接吻還「數一二三」也很折磨人呢。

關於「數一二三」，我被龜井總導演講過：會不會太矬？但是我回了一句你不懂所謂的處男（笑）。我認為處男感越強的人，對那一幕越會有深刻感觸。不，其實無關於是不是處男，心中有處男的人，演到那裡就會被打動才對。

——在車站月台學情侶十指交扣那一幕也很猛。

那一幕非常煽情呢。不過那場戲我有跟工作人員說明過要刻意拍成那樣。說明之後，龜井總導演還特地擬了分鏡（笑）。這真的可以在電影裡演嗎？有的部分我也如此顧慮過，從那個角度來看，我認為這部電影並不算「光明磊落」的電影。

——鮮明生動呢。無論是牽手的場景、接吻的場景、還有用Skype交談的場景。

我在想，說不定粉絲看了那部分有可能出現排斥反應。在這段專訪的時間點尚未發片，然而實際發片後會造成何種效應，也是我稍微在賭的部分。我想是不會遭到忽略。或許對讀過原作的粉絲會覺得「等這場戲好久了！」，但是從動畫入門的觀眾……特別是國中生左右的年紀，看到就不知道會怎麼想了。

——或許會啟發思春期的到來呢……這段專訪不會出問題吧（笑）？

不過這部電影並沒有設年齡限制。你想嘛，針對這部分，以前將情色遊戲移植成家用版時就有磨練出許多本領……呃，我是沒有受益啦（笑）。因為移植之際都不太會牽涉到我。

——何況調情這麼久，還要在同一個地點提到自己會離開社團活動，也令人惆悵呢。

是啊。而且以片長來講，只經過了十分鐘左右（笑）。我也在擔心那一幕。絕對會有人認為：倫也你別鬧了！我認為自己一直以來都不希望倫也被討厭，也始終努力不讓他被討厭，但實在是不容易。果然倫也的性格就是不受管控。

INTERVIEW

片尾名單後的震撼劇情
期待粉絲會有什麼反應

——在這次的劇場版，原作／動畫就會一併迎來完結，希望您跟大家分享目前的心情。

當下仍在發片前的階段，因此我十分提心吊膽。製作這部作品真的始終都把讀者反應放在心上，並不是我愛怎麼做就怎麼做而不顧後果的作品，所以有一部分是希望讓讀者留下好的回憶，才努力到現在。過去我都是在下一集小說就回饋讀者的反應，但只有在最後，我多少得把想法固定下來再交出內容。唯有最後收尾的方式，無論如何都不能遷就他人。來到這一步，就看大家願不願意順著我的引領了。將原作讀到最後的各位讀者，要是遇見鬧事分子，就合力將其制伏吧（笑）！要營造和諧的氣氛才對嘛，這是我想拜託大家的。所以，當這部劇場版獲得反應，最終評價也出爐的時候，我想我應該會有「哎，終於結束了」的感觸吧。

——相較於電視劇集，劇場版的腳本作業如何呢？

上映時間為1小時55分鐘，這差不多是電視動畫六集的分量，所以對戲也就對了六次。腳本大致也是切成每20分鐘一段逐次交出來的，所以在作業上我覺得跟電視版幾乎沒有差異。雖然這跟電視動畫不同，不必每一集都安排懸念，但基本上就是編了六集電視動畫的感覺。

——的確，畢竟這次的劇場版從情節來看，也相當於電視版的續集。

既沒有出現最強的敵方角色，也沒有出現劇場版專屬的客串角色嘛……感覺一個都沒有也不太妥當就是了（笑）。畢竟這部劇場版真的完全沒有新角色。更進一步地說，連參加對戲的製作成員也幾乎都是跟電視版一樣的面孔。雖然取景是有多一些新地方，基本上仍在室內。就算說是劇場版，我想倒沒有特別嚴陣以待的情形。

——片尾後的驚喜（角色們變成熟以後的故事）是誰的主意呢？另外，撰寫那套腳本有沒有讓您煞費苦心？

提出主意的，是製作人柏田真一郎先生。假如都原封不動從原作照搬，難免會擔心讀過原作的人認為不捧場也罷。戲不要那樣編，他告訴我，希望當中無論如何都要有讀過原作的人也能享受的要素。何況那會成為電影的賣點。只不過，要求用

Fumiaki Maruto / Author

INTERVIEW

10分鐘左右的片長來演眾角色成熟後的場景，就是出自我的任性了。而且連妄想題材都包含在內（笑）。其實他說過只要幾秒鐘就好，或者用一張圖帶過就好，但我覺得既然要演，就將他們幾年後在做什麼統統秀出來吧。雖然不留想像餘地並不像電影會用的手法。再說，這部作品也沒有餘韻。因為全都會演給觀眾看。從這個角度來看，我覺得其實不當作電影也可以。就當OVA系列全六話看待。

——片尾後開演的那一段，感覺在初次觀影可是會造成極大震撼。

發片第一天，我會想在最初上映時跟觀眾一起看呢。不過，還是會有搶先上映的戲院，不知道半夜在推特會被寫成怎樣……就算沒有將劇情洩露出來，我想肯定會有人留言提醒，片尾播完也先不要離開。第二次重看就會有心理準備，但我覺得第一次是跟不上的。

——更何況，在看出那是妄想之前……

要很久。不只是久，還有種切身的真實感（笑）。我想觀眾絕對不知道該怎麼反應才好，對於那場戲。希望能掀起一陣鼓噪就是了。不過，要嚇觀眾也會擔心在劇場是否有反應，或者大家嚇到了也還是默默看片，這就不曉得了。在這次的劇場版，末尾的氣氛不太適合笑嘛。所以在初次觀影時，笑出來可以嗎？還是該默不吭聲？我想觀眾看到那裡會不知道是否要發出聲音。那種混亂的心境將如何浮現，是我所期待的一點。

——深崎暮人先生表示過，他畫長大後落魄潦倒的伊織畫得相當帶勁。

收錄那一幕的時間已經晚了，配音成員們也都累壞了，接著要開始錄Cpart喔～如此慘無人道的指示卻發下來了。飾演伊織的柿原徹也先生已經預錄完畢，所以錄音會一邊播出他錄好的台詞一邊進行喔～配音成員們都有聽見這段指示，然而伊織的台詞一播，大家就嘻嘻哈哈地笑出來了（笑）。深夜的身心狀態已經讓人完全自我放飛。當時現場的氣氛堪稱一絕。

《不起眼》無論小說和動畫
在所有媒體都是同一個原作

——這次《Memorial2》的特別短篇，您是懷著何種想法（概念）下筆的呢？

費了一番工夫呢。因為執筆劇場版的七篇特典小說時，還沒有料到要寫這次的短篇。原本我拿不定主意，但是Fantasia文庫有提議，最起碼希望所有角色都出場。由於追求的是所有人鬧成一片的氣氛，我就想到社團進軍商業的前一刻。所以嘍，這段特別短篇稍微可以跟劇場版特典小說的第五話湊成對。還有以時間順序來說，這是發生在特典小說第二話，惠跟英梨梨參加成人禮之前。倫也等人往後要以blessing software的名義，在商業領域認真打拚，而我這次寫的便是促成此事的契機。

——特別短篇講到了要讓《寰域編年紀XIII》砍掉的角色，在Fan disc復活的故事……

劇場版有提及角色名稱，還談到要砍角色的事。而且，當時也有談到之後再出Fan disc，讓這兩個角色復活的事情，所以我便打算讓他們復活。於是在復活之際，故事會講到負責操刀的並非英梨梨和詩羽，而是倫也等人。其實呢，實際上市的遊戲中，也有發生過某款遊戲紅了以後，在打算推出Fan disc時，原始製作班底早已經全員辭職的狀況（笑）。事後我自己重讀，就發現這次的特別短篇跟《不起眼》早期所用的業界二三事題材一樣，讀起來總覺得像第一集時的作風。說來有點難為情，也有近似回歸原點的氣息呢。

——您在上次《Memorial》的專訪中曾經提到，最喜歡的角色是美智留，經過劇場

版之後是否有改變呢？

我固然是喜愛美智留，但與其說經過劇場版，像這樣將原作一路寫到現在，沒有變得喜歡惠才叫奇怪吧。我的心境在那部分也有出現過明確的變化。

——感覺紅坂朱音在劇場版的戲份似乎也非常多就是了。

畢竟紅坂朱音的戲幾乎沒有從原作刪減。談到那一點，她給倫也的建議跟原作略有不同。原作的紅坂朱音是對倫也說：你會陷入低潮期，根本是因為有了長進的關係。有長進以後任誰都可能會停筆，那就是有所成長；而劇場版則是說：半吊子的成長害你變乖了，多發揮噁心本色吧，建議的內容有一點變化。對此她提的兩套見解都是對的，不過原作的倫也在給紅坂朱音看劇本之前，有許多他撰寫英梨梨劇情線和詩羽劇情線的戲，紅坂朱音所給的建議才會提到倫也下筆變熟練這一點。可是在劇場版，創作遊戲的那些部分根本沒有描寫到，給予建議的重點也就有了改變。所以相較於原作，或許也會有觀眾覺得：是不是有差別？要找藉口的話，則是因為兩套見解都正確的關係。既然作者都這麼說了就不會錯（笑）！

——意思是與其變成半吊子的熟手，還不如豁出去猛寫。

INTERVIEW

不過與其說是熟練，當技能累積到一定程度以後，動筆的手會停住也是真的。問題是如何予以克服……到頭來，只能自己設法就是了。

──關於其他角色……

談到其他部分嘛，icy tail的戲份越砍越少了（笑）。果然不行呢。腳本一寫就會越拉越長。明明被交代過，無論劇場版內容再長都要控制在2小時以內。我說可是以紙本的頁數來講，這樣應該正好吧，就被反駁腳本裡根本滿滿都是台詞嘛（笑）！何況從動畫製作者的立場，在演出上本來就會希望用到停頓一類的拍攝手法。然而台詞卻太多而無法施展，我想龜井總導演和柴田彰久導演都曾有過進退兩難的心境。

──那麼，腳本起初寫得還更長嗎？

光是開頭烤肉那一幕就占了20分鐘左右。被說這樣會讓觀眾厭倦（笑）。不過《不起眼》基本上連一些小笑點都會全數活用。這部作品從原作就有許多小笑點，即使得加快台詞也沒有砍掉那些呢。對此我本身很高興，也覺得製作環境功不可沒。

——比如咖啡廳店員，電視版有的路人角色在劇場版也會出現呢。

因為那些路人角色也都有自己的故事。那部分是龜井先生在操刀，然而電視版第一季第二季和劇場版，全部都有登場呢。那完全屬於龜井先生的講究。雖然我完全不懂為何要講究那部分（笑）。不過，這正是製作成員從電視版就完全沒變才辦得到的一點……呃，我們本來談的是關於什麼來著？

——是關於您喜歡的角色（笑）。

如今我喜歡的真的就是惠了。正因如此，才會在這次的電影對她再三著墨。反倒是感情放得太深，會不會偏離觀眾所追求的惠呢？我也有想到這層風險，因此在製作過程中跟工作班底確認過好幾次：惠這樣可不可以？

——假如可以替《不起眼》任意規劃，您有沒有想做什麼，或者希望別人做些什麼？

之後若是要改編情色遊戲，我已經沒有體力了耶（笑）。對於《不起眼》，我想我真的已經盡完全力了。我努力了。

Fumiaki Maruto / Author

INTERVIEW

——深崎暮人先生今後仍會推出畫集，他表示過希望能讓英梨梨在那裡得到幸福。

英梨梨落到這番地步真的很可憐呢。該說她錯失了不少時機嗎……還是錯失機運或緣分？真的，請代我向飾演英梨梨的大西沙織小姐致歉。像這種環節，即使是我們也無法掌控。但是不要緊，英梨梨在劇場版特典小說也有成長喔。她成了好女人。

——麻煩您在最後向《不起眼》的讀者們說句話。

真的要謝謝各位，說起來就是這樣吧。從以前深崎先生就有講過，無論動畫或改編版漫畫，都不能區分為原作小說及其他作品。全都是原作。所有媒體之間有著複雜的關聯，因此要完整享受《不起眼》，全部都接觸才是對的，粉絲肯如此捧場就是我最欣慰的事。所以這次的劇場版，希望各位也能跟電視版還有原作小說一塊享受。

——感謝您接受採訪。

不起眼、女主角培育法

INTERVIEW

深崎

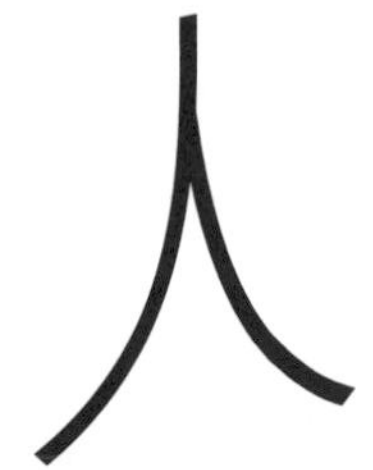

Kurehito Misaki
(Illustrator)

讓眾多粉絲為之震驚的成熟版倫也與其他角色的誕生秘辛

——劇場版《不起眼女主角培育法Fine》製作完成，進而順利上映了，請問您此刻的心境如何？

鬆了口氣，這是我此刻最主要的心境。另外就是好累。這幾年生了病導致體力衰弱，私生活方面也有嚴重的問題疊在一起，因此我對是否能奉陪作品到最後曾懷有不安。即使如此，像《不起眼》這樣的輕小說，得以將原作從頭到尾改編成影像作品，實在是難能可貴，所以我有意拚到底。能順利抵達終點，是令人再高興不過的。

——請問您在劇場版具體上是負責什麼樣的作業？

跟電視劇集一樣，我跟搭檔黑谷忍一起畫了影像內出現的「作中作」，也就是英梨梨在劇中所繪製的插畫。電視劇集那時候畫的作中作，是以這部《不起眼》為藍本的美少女遊戲，因此主要是拓展惠的角色性來畫就行了，然而在這次的劇場版，非得由毫無設定的部分，為英梨梨和詩羽著手製作的《寰域編年紀XIII》這部架空RPG產出視覺圖片，所以費了一番工夫。從導演到動畫製作班底，都給了我們相當多的協助。

此外我還擬了「icy tail」在開頭的新服裝，以及角色們成熟以後的設定。

——在劇場版的片尾名單播完後，會有成長後的倫也等人登場。那一段很令人驚訝呢。

我想那一段是劇場版獨具的醍醐味。畢竟讓觀眾專程到劇院跑了一趟，我希望能為聲援原作與動畫劇集的人們盡點心力當成回禮。我想那不只是我，製作班底也是如此希望的。因為我們長年來一直朝著相同的方向在製作。順著就設定了成長以後的角色們，我們忙得很開心。

——請問角色們成熟以後的設定，是怎麼製作出來的呢？

INTERVIEW

首先，我想長相整體而言是共通的，不過角色臉孔這方面在事前有跟龜井導演商量，琢磨過以後是說要避免成熟得誇張過頭。

就各個角色來做解說吧，惠的造型也許是苦惱最久的。因為惠在電視劇集時經歷過各種髮型，這次反而不打算讓她有太大改變。惠留鮑伯短髮的印象較強，所以我一邊留意不去打亂她的造型，一邊讓頭髮稍微留長，改成中長髮。還有在服裝方面，對於惠來說有象徵性的粉紅色針織衫保留了一定程度，不過總該讓她脫離短裙，換成與年齡相符的穿搭品味。這在其他女角色身上也是一樣的。

——關於英梨梨和詩羽是如何安排呢？

關於英梨梨，再讓她繼續留雙馬尾實在說不過去。我只替她保留緞帶然後放下了頭髮。不過腳本上要她用雙馬尾甩人耳光，印象中我跟導演商量過：這下怎麼辦？解決的對策是讓她暫時用手將頭髮抓成兩束來甩人耳光。

詩羽的登場要有震撼力，因此將她的外觀做了大幅改變，好給人驚喜感。我從以前就想過，假如要讓她有改變，會選擇把頭髮剪短。雖然跟惠有一些重複，但詩羽那種髮型是所謂的空氣鮑伯頭。服裝則是外披針織衫，希望能營造出貴婦感。或許變得跟町田小姐有點像。

請您也談談美智留和出海的成熟版本。

關於美智留，我是想讓她保留活潑的形象，所以就將頭髮留長紮成馬尾。服裝則安排線條修長俐落的褲裝，花了心思營造成熟感。以片長而言在畫面出現的時間不久，但我個人算是還滿中意。

出海有想到替她保留丸子的部分，選項卻只有頂在頭上。雖然擔心過這樣會流於樸素，結果卻散發出自然的氣息，我認為修得很可愛。

關於男性角色又是如何安排呢？麻煩您先從倫也談起。

考慮到跟惠之間的搭配，我不太希望讓他有改變，便試著將瀏海往旁梳，看看會不會變得成熟一點。話雖如此，倫也原本就是娃娃臉，這下反而讓他變可愛了……眼鏡本來就有打算讓他戴回去，所以便跟著換成細框款式做改變。衣服我想會有惠來幫他選，就穿得時髦一點。

關於伊織，我在他身上找了不少樂子。伊織的成熟設定有兩種版本，首先是穩當地成為大人就應該會有的造型。另一種則是出現在詩羽妄想中的伊織，蓬頭亂髮地穿軍襪配浴廁拖鞋，還提著樣似百圓商店會賣的包包。因為是在詩羽妄想中出現的伊織，我想她會草率待之。

INTERVIEW

——出現在詩羽妄想中的伊織服裝確實很有震撼力耶。

雖然不知道是不是我的玩心傳染出去了，好像連詩羽對伊織進行妄想那一幕所出現的廉價公寓，都有仔細地取景。我個人是被軍襪還有掏出來的髒信封戳中了笑點。

在《不起眼》結束前
希望能不留遺憾地畫到底

——《不起眼女主角培育法Memorial 2》的封面插畫，您是懷著何種心意畫的呢？

由於故事已經一度完結，封面插畫在題材上也都耗盡了。尤其是惠在第十三集捧著花束的插畫，我是百感交集地畫出來的，因此對還能畫什麼才好曾經大感頭痛。最後想出的題材，就是文庫第一集的惠版本。儘管第一集的英梨梨將眼鏡湊在嘴邊，只要把那副眼鏡當成倫也的，由惠擺一樣的姿勢應該不至於有失自然。

這次的封面插圖是採取從以往運用至今的對比構圖，當中就沒有特別深的含意。

──照慣例要請問您，在《不起眼》喜歡的角色是誰呢？

至今我到底被問過幾次這個問題啊（笑）？請容我重申，我的立場相當於角色們的父母，所以無法對他們評定優劣。就連對倫也與伊織等男性角色，我也一樣呵護。

除這類場合以外，在海外的活動也一定會被粉絲問到這件事呢。不過，我無論如何都沒辦法決定誰是第一名。

──在海外，請問是哪個角色比較有人氣呢？

基本上，人氣是集中在惠、英梨梨、詩羽，不過惠在這三個人當中並沒有獨霸，印象中人氣順序會因國家而異。去泰國時惠好像是第一名。安野小姐當時在場或許也是原因吧（笑）。在台灣感覺是英梨梨和詩羽比較強勢。還有受眾是男性或女性，有人氣的角色感覺也會跟著改變。像我記得英梨梨就有許多女性粉絲。

──若是可以隨意畫《不起眼》的插畫，請問您想畫何種插畫呢？

其實《不起眼》已經談妥要推出畫集（預計二〇二〇年發行），當中會安排我

INTERVIEW

自由創作幾幅插圖。儘管具體的內容尚未構思，但是角色彼此有互動的插畫在以往畫得並不多，希望畫集裡能收錄到那樣的題材。我會不留遺憾地為畫集作畫，能就此從《不起眼》功成身退就是最理想的。

——那本畫集推出以後，感覺《不起眼》就要完結了呢。

要說到其他未盡的工作，大概就是英梨梨了。原作的插畫也讓她哭了好幾回。起碼在自己的畫集裡，我希望能為她繪製幸福的內容。如此一來，才可以無怨無悔地從這部作品離去吧。

關於日後的發展，我只求不要得過且過地延續下去，閉幕的戲碼最好就確實將布幕拉上。原作早已完結，電影也進入完結，現階段有點連靈魂都快要失去了。不過畫集我會努力。

——那麼，麻煩您對支持《不起眼》至今的讀者們說句話。

以文庫而言，我想這真的是最後了。《不起眼》若沒有原作的各位粉絲支持，改編動畫便不會實現，而動畫同樣是仰賴各位的支持，才得以推出劇場版走進戲院。長久以來真的感謝各位。

今後，《不起眼》的發展將逐漸進入尾聲，但我還會再畫個一年左右，若各位仍願意多關照一陣子，就太令人高興了。

——期待畫集上市。感謝您今天接受採訪。

Chapter 5

特別短篇

Special Novel

十二月中旬——

對學生們來說，寒假近在眼前，是令人雀躍的季節。

還有，對情侶們來說，聖誕節近在咫尺，是充滿情意的季節。

「倫也學長！劇情事件05的線稿完成了～！」

「真不愧是出海！速度和品質依舊驚人！」

「欸欸欸，也讓我看一下嘛？……哦～有動感的圖讓妳一畫依舊驚豔耶，小波島。」

「……嗯，單就魄力而言，也許出海的圖甚至能凌駕柏木英理。」

「呵……呵呵呵，沒有哥哥你們說得那麼誇張啦……」

「好啦，那我們就順勢來應對業主要我們修正的劇情事件03和04……」

「等等等等等！請讓我休息一下……起碼三十分鐘……！」

「辛苦嘍～不然妳上床休息吧。之前我幫忙暖好了。」

「欸，美智留，我應該有拜託妳將ＢＧＭ重新編曲……」

「唔～至今的進度還算順利，可是考慮到截止日之前的排程，不將步調加快三倍或許還是會開天窗呢。」

「連哥哥都想要我的命嗎！」

「不要緊的，出海……那種情況下，連我都必須用三倍的速度寫劇本，要死一起死！」

「對不起，那樣我一點都不覺得安心耶！」

像這樣，儘管胸口在各方面都感到熱潮洶湧，物理上仍需對抗寒冷季節而猛開空調的室內，卻有這般忙煞人的熱絡氣息流動著。

聚集在此的，是不論季節與時間，已經同甘共苦好幾年的伙伴。

同人社團「blessing software」（第二屆）的成員們。

「來，我煮了宵夜喔～」

「等好久了！小加藤的愛妻料理！」

「唔哇，豬肉湯耶～看起來還是一樣美味～！」

「噢，抱……抱歉，惠，每次都讓妳費心……」

「…………來，冰堂同學、出海。很燙所以要小心喔。」

「……惠？」

「我開動嘍～！嗯～飯糰加的鹽也恰到好處～」

「好有日本人的感覺呢～」

「要續碗還有，妳們多吃一點喔。」

「那……那個，我的第一碗呢……？」

「…………要吃幾碗都可以喔。因為以『三人分』來說，我不小心煮太多了。」

「惠……惠小姐……？」

「好～那我要整鍋喝光光～！」

……沒錯，聚集在此的，是不論季節與時間，「理應」已經同甘共苦好幾年的伙伴。

理應一起歡喜、一起哭泣，共同承擔一切，情比金堅的……

「倫也同學，要不要來這裡跟我一起吃營〇口糧？」

「免了……」

此外，由於都是老班底了，先前的發言分別出自誰口中，還請各位讀者用心去感受。

不起眼代筆者擔任法

十二月上旬（約半個月前）——

「出海，恭喜妳上榜！」

「謝謝學長～～！」

東京都內，某間木屋風格的咖啡廳。

在店裡靠窗的席位，有一對男女面對面就座。

「靠推薦考上不死川大學（我們學校）嗎，跟惠同一套流程耶。」

「是的，這都要多虧惠學姊建議『不死川滿容易拿到推薦名額，所以值得一試喔』！」

「對不起，我就是報名不死川還重考了一年……」

「啊啊，學長對不起對不起！」

不死川大學一年級，安藝倫也。

還有目前就讀於豐之崎學園三年級，明年確定將再次成為倫也學妹的波島出海。

年齡差了兩歲，彼此差一年級的兩人，正在這部作品以外景來說方便好用的老地方，點了咖啡與聖代，慶祝突破高中生最大的關卡。

「總之呢，這樣『blessing software』終於又可以運作了！」

「是啊，說得沒錯……」

「今年因為我要升學的關係，導致社團沒辦法參加冬COMI，給學長添麻煩了……」

「何必在意那個呢……」

「可是，大學已經有著落了，所以不要緊！過年以後立刻我們重新開始活動，這次別說挑戰冬COMI，乾脆提早在夏COMI推出新作吧！」

於是，比所有人早一步脫離考試壓力的出海，就仗著無事一身輕，將心思徜徉於畢業前那段自由奔放的日子。

「出海，其實……」

「咦？」

然而，與陶陶然的出海呈對比……

本來就每天都過得自由奔放的大學生（偏見）倫也這邊，臉色與口氣卻慢慢地變得緊繃……

「其實我們在三月底要推出新作。哎，要出的是Fan disc所以分量較少。不過因為是商業作品，母片很早就要送出去。差不多過年前就必須完工……」

「…………什麼？」

隨後，他扔下了扯到不行的震撼彈。

「……所以嘍，接著由我來說明吧。」

「哥哥你從什麼時候來的！」

於是，原本愣了片刻的出海往旁一看，就發現她的哥哥波島伊織（就讀某國立大學二年級）不知道從哪裡冒了出來（解答：後面的座位），還靈活地坐到她旁邊，甚是煩人地撥了撥頭髮。

「其實呢，這件事我希望不要外揚出去，馬爾茲的新作《寰域編年紀ＸⅣ》製作到一半卡住了……」

「而且你一開口就是業界的天大內幕耶！」

「前作《寰域編年紀ＸⅢ》聘請了紅坂朱音擔任企畫，還有柏木英理（澤村英梨梨）負責人設，霞詩子（霞之丘詩羽）負責劇本，製作班底幾乎都是由外包人員組成，還獲得了大成功，出海妳當然也曉得吧？」

「……多虧如此，我追逐的目標（澤村學姊）背影又變遠變小了～」

「然而馬爾茲內部的寰域製作團隊當然就覺得不是滋味……便決定下一款《ＸⅣ》要統統由內部人員包辦，還跟《ＸⅢ》一塊持續研發到現在……」

「呃，以一般論來說，那種大規模企畫拖得越久，就越容易……」

「是啊，案子變得越發不可收拾，總監內心生病停職了，製作人連責任都不負就跳槽到手遊廠商，砸了比起初多一倍的預算，進度到目前卻還停在百分之二十左右……」

「唔哇～唔哇～唔哇～我不想聽了～！」

嗯，誰都不會想聽這種事。

然而聽說以後，寫手的天性就是無法不像這樣拿來當題材，這也是事實……

「可是公司有所謂的年度結算……這就是上市公司的難為之處呢。」

「而結算的月份是在三月……？」

「對，所以馬爾茲無論如何，非得在三月前生出『可以期望有一定銷量，還必能製作完成』的作品。」

「那……那該不會就是……？」

「是的……他們要出《寰域編年紀ＸⅢ》的Ｓ○ｉｔ○ｈ移植版。」

「唔哇～唔哇～這種事講出去絕對不能聽啦～～！」

沒錯，原本在這種不特定多數人來來往往的店內，並不該談論這樣的內容，但目前事關緊急也就（純屬虛構所以無妨）不得已了。

「然而，單純炒冷飯是否能達到目標銷量也有疑慮……於是，馬爾茲就判斷要添上新增要素了。」

「新……新增要素……？」

「接著讓我來說吧……妳先看看這個！」

於是，原本倫也有一陣子都默默地對波島兄妹亂有魄力的會話聽得入迷，或許他終於有興致跟著他們倆起鬨了吧，就帶著煞有介事的態度，魄力十足地將幾張紙砸到了桌上。

「這……這該不會……是澤村學姊畫的？」

在倫也遞出的資料上面，畫有已經著色完成的角色站姿圖……

而出海認出了那些圖，不對，精確來說，她認出了那種畫風。

「沒錯，這是英梨梨替《寰域編年紀XIII》設計的，名叫琉特與薩拉希亞的角色。」

「琉特？薩拉希亞？咦？《寰域XIII》有這樣的角色嗎……？」

不過，儘管認得畫風，出海卻對畫在上頭的角色沒有印象，這讓她感到不對勁。

「妳會這樣想也是當然的……因為這兩個角色，是在研發最後階段才被抹去其存在的『夢幻角色』。」

「還有不瞞妳說，決定將其廢棄（參照劇場版動畫）的就是倫也同學。」

「啊啊啊啊啊……講出去果然不能聽嘛～……」

其實作品發表時，那兩個角色在主視覺圖像公開的階段照樣有亮相，據說核心粉絲背地裡也曾熱烈討論過一番。

「那個決定，是在跟期程及品質的搏鬥中，勉為其難做出的判斷……會那樣做，也不代表我就完全服氣。」

「於是到現在，稍有眉目的移植版要添新要素，就沒有比這更為合適的素材了……妳懂吧，出海？」

「呃，哥哥，一路講下來我懂，我是懂的喔。我只是不明白，你們兩個現在告訴我那些細節，到底是在打什麼主意！」

出海明知道接下來會怎麼發展，還是做出了最後的抵抗，然而……

「所以嘍，出海，該妳上場啦！利用這些造型設定稿在年內擬出劇情事件圖，讓我們攜手完成《寰域編年紀XⅢ完全版》吧！」

「啊啊！我就知道～～！」

哎，面對「技巧的一號（伊織）、力量的二號（倫也）」所給的無謂壓力，她根本無從抗衡。

※　※　※

因為如此，時間帶回十二月中旬——

「……學長，所以你還沒有跟惠學姊和好嗎？」

「講好不提那個的，出海……」

惠剛下樓收拾吃宵夜的餐具，出海就守候已久似的調侃倫……關心起倫也，而倫也大概是耐不住餓，就一面啃起營養口糧，一面消沉地嘀嘀咕咕回話。

「這位副代表（加藤同學），實在是不好伺候呢。像這次的案子，出海的處境明明比她慘得多。」

「呃，那根本不能當成免罪符啦，哥哥……」

惠之所以會一如往常……錯了，之所以會異於往常地對倫也無情相待，原因正是出在這次的企畫本身。

「可是，也難怪小加藤會生氣嘛。畢竟這次的案子，實際上並沒有幫到小澤村和霞之丘學姊啊。」

「啊，這麼說來，還有一個人忘了介紹，她是冰堂美智留（無業）。

「的確，事到如今就算這款移植版被玩家狠狠批評，對已經打響名聲的那兩個人也不痛不癢啊……」

「哎，正因為如此，紅坂小姐和町田小姐都應該都毫不遲疑地回絕了……」

起初馬爾茲當然是想向柏木英理和霞詩子委託這份工作，就發案給紅朱企畫（紅坂朱音）了。

然而，她們倆現在都投入於新作小說《獻給我在世上最為重視，卻又得不到的你》的跨媒體企畫，實在接不下馬爾茲交派的期程，從不死川書店那邊（町田苑子）就提出了強烈抗議……

於是馬爾茲在無計可施之下……這才想起了有一條絕無僅有的救命蛛絲存在。

他們想起，原始版本研發到末尾，有一位青年突然自稱是「紅坂朱音的部下」就大搖大擺地闖進總公司，卻在僅僅不到一個月的時間內，實地參與了劇本及圖像的監製工作。

連帶也想起，那位青年隨手在郵件裡記下了自己主導的同人遊戲社團名稱當作簽名檔……

「話又說回來了，真虧對方曉得我們社團裡有這種隱藏的高手耶……」

無業的美智留說著，就舉起出海剛剛畫好的原畫，一臉陶醉地看得入迷。

「的確啦，要能畫出不至於讓柏木英理筆下造型糟蹋掉的劇情事件圖，這樣的插畫家可不好找……」

畢竟那幅畫，就算看在外行的美智留眼中，還有內行(投機)的伊織眼中，都一樣出色得足以讓人神魂顛倒。

「那還用說，畢竟之前去工作的時候，我一有機會就跟總監炫耀！說是『我們社團裡有柏木英理永遠的勁敵』！」

「我是很高興啦，不過學長你那樣講話是多餘的吧！」

「好……好啦，即使如此，我一開始有拒絕他們喔。說是出海假如沒有推薦到大學，我們社團在期程上也接不了案子。」

「我覺得學長那樣跟對方交涉也不太對耶……」

「可是，我明明開了比行情高十倍的價碼想讓對方拒絕，對方卻一下子就答應了，我總不好拒絕……」

「哎，真不愧是馬爾茲。我們的財務狀況根本沒得比，哈哈哈。」

「你們兩個真的不能改一改交涉的方式嗎！」

「基本上，值得記念的第一次商業接案，居然是要我幫柏木英理代筆，這樣對嗎？」

休息結束以後，出海一面瞪著原本的造型稿一面運筆，到目前也還是抱怨不停。

「呃，妳想嘛，我也被迫幫霞詩子代筆啊。」

「倫也學長明明就做得很高興。」

「沒有啦，哈哈哈。」

「學長起碼多努力掩飾一下嘛……」

而倫也一邊把出海的怨言當成耳邊風，一邊把列印出來的原始劇情文本排到桌上，並且用紅筆陸續修正。

……看似在修正，然而朝他所寫的紅字一瞧，會發現全是大力稱讚的字句：「這正是霞詩子的文風！」、「這一幕的宣洩感非凡！」、「糟糕，找不出地方可以修正！」彷彿絲毫無意做修改。

「哎，不過就像剛才講的，酬勞高得超出常軌，當作馬爾茲發壓歲錢，努力拚一拚吧？」

「是啊是啊，小波島，為了我的生活，妳也要加油～！」

「麻煩妳用比較能激起動力的方式打氣，美智留學姊……」

「別把那種切身的事情講出來啦，美美……」

「有什麼辦法～！在這之中只有我不是啃老族啊～」

「那要怪妳都不升學還成天遊手好閒吧……」

「啊哈哈……」

而且，儘管出海對如此悠哉的伙伴冒出苦笑，然而從她的手，還有表情，卻看不出任何一絲嫌棄這份「代筆工作」的跡象。

圖像浮現成形於她操作的平板電腦上，沿襲了柏木英理設計的造型，同時又留有波島出海的痕跡。

每次看見她交出的成果，在這裡的伙伴們，難免都面帶苦笑，卻又無法不發出陶醉的感嘆。

「那麼，距離截止還有半個月……」

「我剩下十張劇情事件圖，還有站姿圖的新增服裝樣式，以及新增表情……」

「我要將兩年前廢棄的劇情擺回去，對全體進行調整，然後補上角色個人劇情……」

「需要新增配樂就說一聲喔。要幾首曲子我都寫得出來！」

「那……那要跟業主討論就是了。」

「冷靜想想，戰況跟以往一樣吃緊呢……」

「你在說什麼嘛，哥哥……這只算小意思啦。」

「除我們以外，不可能有人辦得到就是了。」

「畢竟，我可是柏木英理永遠的勁敵喔。」

「而我是霞詩子的頭號徒弟喔。」

「呃～那我就是……獨一無二的天才藝術家！」

接著，四個人便望向彼此的臉，有意無意地苦笑。

「好～那所有人奮鬥吧～！」

「「「喔喔喔喔喔～！」」」

然後，互相發誓要再拚上十幾天。

「……………………哦～你們忙這些沒有把我算進去啊。」

「啊。」

「啊。」

「啊。」

「咿！」

而且還不小心忘記，有另一個重要成員（不死川大學二年級的加藤惠）洗碗洗到剛剛才回來……

「對於大家說要奮鬥這一點，我並沒有否定喔。這份工作確實有讓人不服的地方，但我也覺得既然接下來了，差不多也該停止抱怨，好好地打拚才對……」

「就是啊！說來說去，我一直都相信惠會全心全意打拚的……」

「這樣的話，那我要問嘍，你們在精神喊話時獨獨漏了我一個，會不會說不過去？我講的難道有錯嗎……」

「妳一點都沒有錯！完全是我不好！對不起對不起對不起！」

雖然說，惠所用的語氣還算淡定。

可是，嘴巴卻動得很快，眼眶也含了不少淚水……

「看吧，我以前（在第八集）就預言過了……你的女朋友絕對很沉重。」

「拜託你，哥哥，要講話就不要用會被惠學姊聽見的音量啦。」

※　※　※

於是，後來的幾天之間……

以年內完工為目標，「blessing software」持續在奮鬥。

「唔～……雖然不至於說全部不能用，這篇角色個人劇情，是不是稍微修一下比較好？」

「要……要修哪裡……？如果妳能指正得更具體一點就太好了。」

「我想想喔……開頭、中間、還有後半寫得不太好。啊，或許結尾最好也要全面做修改。」

「對不起，請妳一開始就明講統統不採用好嗎，惠小姐！」

「話說倫也學長，這兩個新角色，本來是可以湊成一對的嗎？」

「唉，的確，在《寰域編年紀》的角色個人劇情，將戀愛的比重放得這麼高，即使有玩家玩了覺得不對勁也很正常。」

「不……不是啦，那部分有得到馬爾茲的總監允許喔。畢竟也沒有時間琢磨情節發展，他就請我用最擅長的美少女遊戲情節決勝負了。」

「就算那樣，這篇戀愛劇情以倫也的手筆來講，還是顯得膚淺、陳腐、或者說差勁。」

「妳們會不會從剛才就講得太狠！」

「畢竟照這樣讀起來，這兩個角色等於從一開始就湊成對了嘛。根本都沒有寫到兩人被彼此吸引的情節。」

「那……那是因為……妳想嘛，有篇幅和完工期限等問題……」

「可是倫也，你對那些全都明白才接下案子的對不對？既然如此，在那些限制之下設法將內容做好，不就是你的任務嗎？」

「啊哈哈……小加藤一旦要拚，就不會留情的耶～」

「畢竟，我們所製作的遊戲被人認為是粗製濫造，會很討厭吧？」

「咦……」

「假如盡力後還是力有不及也沒辦法，可是之後想到『本來還可以更好的』會很討厭吧？」

「惠……」

「唉～……這樣看來，她是來真的喔。」

「這下子算分出勝負了吧……副代表（加藤同學）態度變成這樣時是不會退讓的。」

「對不起，呃，可是……」

「那麼，你就要認真做到好啊！現在我們就一起來討論，這篇劇本要怎麼改才好！」

「這個嘛……加藤同學是說，問題在於沒有寫到兩人被彼此吸引的情節，這我能理解……但倫也同學主張分不出篇幅也有道理……」

「那……那麼，我有一個點子，你們能不能聽聽看？」

「當然了，倫也！多把想法提出來吧！」

「改成他們倆在加入隊伍以前已經受彼此吸引，是不是就可以了？沒錯，琉特和薩拉希亞其實是青梅竹馬……！」

「……………啊～我覺得那樣不對。嗯，完全沒有解決問題。」

「……………惠？」

「不然設定成表親就好啦！這樣連認識的過程都可以省略，很實惠喔！」

「學妹！設定成學妹吧！那樣女方會純真無邪地傾慕男方就有說服力了！」

「不，乾脆把他們設定成互相排斥，其實在內心深處卻是情誼深厚的伙伴關係……」

「……………伊織？」

※　※　※

無論在下雨的日子，或下雪的日子（此外，這幾天的降雨量為0）。

無論白天或黑夜，放假或平日（因為是確定升學的高三生、大學生與無業者就能辦到）。

「欸！請妳們兩位不要動！素描還沒有畫完！」

「小波島，即使妳那麼說～擺這個姿勢會累的耶～」

「呃，出……出海……我能不能打斷一下？」

「其實我希望妳們連嘴巴都不要動就是了，有什麼事，惠學姊？」

「我……我問妳喔……這種構圖，真的有必要嗎？」

「那還用說！這個劇情事件，在倫也學長寫的新增劇情中可是最大的重頭戲，搞不好在這次移植版會是最催淚的場景耶！」

「是……是喔……那真謝謝妳。」

「挺身保護薩拉希亞而在背後受到致命傷的琉特！女方被男方撲在身上，卻還是緊緊抱著他拚命施展治癒魔法！縱使從男方滴落的血會掉在身上也都不顧！可是，即使灌注自己所有魔力，男方的生命燈火仍逐漸消逝……薩拉希亞就拚命摟住他，像這樣吶喊……『求求你！回來我身邊！回來我身邊，琉特！』來吧，惠學姊！妳要當自己是薩拉希亞，摟住美智留學姊的全身！」

「不……不過，如果要摟得更緊，與其說是催淚場景……」

「總覺得～會變成色色的場景耶～」

「就是那樣才好！這一幕無論怎麼想都淒美，還瀰漫官能氣息！讀文章催淚，看插畫興奮，玩家會哀傷及感動，進而讓不該有的情緒刺激到背德感！啊啊，來勁了！引擎動起來了！」

「我說啊，伊織，雖然出海追趕的是英梨梨……」

「嗯，她以類型來講明顯傾向霞詩子呢……」

「來吧，惠學姊，更熱情一點，然後更煽情一點！因為妳說找倫也學長當模特兒會害羞，我才特地拜託美智留學姊的耶！既然我答應了學姊的條件，請妳也要配合！」

「即……即使妳那麼說，要比這更進一步……」

「只要是為了賺生活費，我什麼都肯做喔～」

「不然請美智留學姊配合好了！妳將身體壓上去，貼得更近一點！」

「好～那我就用小包包讓她雙肩著地～」

「等……等一下，冰堂同學……怎麼這樣，啊，妳呼氣……呼啊。」

「美智留學姊，妳的手，往下面一點！」

「啊，等等，手伸到那裡會……咿，不……不可以，倫也……」

「……唔。」

「……倫也同學，我們離開比較好吧。」

「是……是啊……那就這樣嘍，出海。」

「好的，這次的成果，請學長從完成的劇情事件圖做確認！」

「先跟妳說清楚，這款遊戲是普遍級喔……」

還有，在值得記念的大日子也一樣努力……

※　※　※

「來，冰堂同學，恭喜妳滿二十歲。」

「喔喔喔喔喔～謝謝，小加藤～！」

「唔哇啊啊～學姊送的是彈片嗎？好可愛喔～」

「哦，我看這是手工的吧？」

「……喔～」

「哎，我是第一次做這個，也不曉得好不好用……」

「好厲害好厲害～之後請妳彈彈看嘛，美智留學姊！」

「好～難得有機會，我就來彈生日快樂歌～」

「……喔。」

「啊，還有，光送彈片也嫌單調，這個順便給妳……」

「唔喔喔喔喔～！這是禮券嗎？太有幫助了，謝謝妳啦啊啊啊，愛妳喔，小加藤～！」

「……學姊高興成那樣，會不會太現實了一點？」

「哎呀，真不愧是社團副代表，體貼入微呢。」

「……嗚嗚嗚。」

「所以呢，波島同學你準備了什麼嗎？」

「啊，我當然有準備現金。」

「哥哥，你那樣就更現實了……」

「唔哇啊啊啊啊啊啊啊，謝謝你喔喔喔喔，波島哥～！這樣我回家就付得起房租了～！」

「……哎，雖然收禮的一方絕對不會放在心上，真不知道該怎麼說耶。」

「……我……我……我說，你們啊……」

「那麼，休息時間結束嘍。我去洗碗了。」

「咦？等……等一下啦……！」

「好～我的動力上來了～！還有兩首曲子，奮鬥～！」

「過……過生日的人，不只美智留耶……」

「啊，這麼說來我都忘了……倫也，同樣恭喜你滿二十歲。就這樣嘍。」

「咦……咦咦咦咦～」

「……反正要給倫也學長的禮物，一定是等我們回家以後才送的嘛。」

「哎，那應該也是一種形式之美吧。對他們倆來說。」

※　※　※

於是，他們總算……

「辛苦你了～倫也學長～！」

「回家睡覺回家睡覺～過年我要一直睡大覺～！」

「那麼，祝你有個好年，倫也同學。」

「嗯，也祝你有個好年。」

「大家路上要小心喔。」

十二月三十一日。十一點四十五分左右。

在隨意看看的紅白歌唱大賽播完時，出海、美智留、伊織分別從安藝家的玄關離開。

社團全體動員，直到剛剛才將圖像與劇本做完最後檢驗，上傳到馬爾茲的共用伺服器，順便也一起吃了惠準備的跨年麵。

「結束啦啊啊啊啊啊～！」

「雖然我還有餐具要收拾就是了。」

「我會幫忙，我會幫忙的啦！」

儘管只有短短的一個月，「blessing software」的初次商業接案，總算是勉強趕在年內結束了。

「話說回來，雖然之前就料想到了，真的是在除夕當天才趕完呢。」

「多虧如此，冬COMI也沒有去成……」

「明明素材在昨天就全部出來了，結果大家今天還是聚到了一起。」

「拚品質拚到截止的最後一刻，是創作者的天性嘛～」

「多虧這樣，連聖誕節都沒有過呢。」

「反正我的聖誕節，從小就是跟生日一起過的～」

話雖如此，連二十四日的晚上九點到二十五日的凌晨三點這段「常被提及的六小時」，社團也全員到齊創作（健全意義上），倫也倒是顯得有話想說。

「那麼，數一二三就抬起來喔。來，一二三～。」

「唷……好了。」

於是，剩下的兩個人……倒不如說，居民一人和自願留下來的另一個人，就先打開窗戶讓空氣流通，還一面冷得發抖，一面收拾房裡的垃圾與餐具，然後把桌子收到房間角落，才總算在房間中央清出寬廣的空間……

「那麼，我休息一下。」

「這次真的辛苦妳啦啊啊啊～」

「雖然我還要洗衣服和吸地板就是了……」

「之後我會弄，所以妳別再來這套了啦啊啊啊～」

儘管兩個人如此打趣，但似乎實在是累得精疲力盡了，就待在終於空出來的房間正中央，用背緊靠著背，一邊互相依偎，一邊享受短暫的休息時間。

「終於結束啦～」

「你重複第幾次了啊？」

「我講的是今年結束了，妳可別誤會。」

「那差不多還剩十分鐘喔。」

除夕鐘聲早已從開敞的窗戶外頭肅穆響起。

然而，房裡的時鐘，仍指著十一點五十分。

「唉，不過好好地完工以後，就可以歡慶新年啦～」

「對啊。然後，過完年放完春假，期末考就要到了……」

「我還不想考慮到那麼遠……對了，在那之前還有成人禮嘛。」

「相隔好久，又能見到英梨梨了呢。」

「啊，這麼說來，就算跟英梨梨見面，妳千萬別洩露這次的移植有我們參與喔。」

「為什麼？英梨梨本來就是製作班底啊，即使告訴她，我想事情也不會外揚。」

「因為穿幫的話，那兩個人肯定會雞蛋裡挑骨頭，然後指著我嘲笑嘛！」

「是是是，不成材的徒弟辛苦了。」

「不，何止如此，或許她們還會說『非常非常非常不滿意』就全盤廢棄……那樣的話，我就再也振作不起來啦！」

「不要緊啦，她們兩個是行家，才不會出於私情打回票。」

「正因為她們是行家，假如品質低於要求，就會毫不留情地打回票……那樣我會一蹶不振，一輩子當廢人啦！」

倫也的背脊打了哆嗦，連惠都有感受到。

對於那種講究、那種用心、那種精神上的自縛，惠露出了一絲認命般的苦笑……

「不要緊的啦……

憑現在的出海。

憑現在的冰堂同學。

呃，還有現在的波島同學……

更重要的是，倫也，憑現在的你。

……憑現在的『blessing software』，不會有問題的。」

「英梨梨，還有霞之丘學姊……

肯定會挑三揀四，對你發脾氣，對你訕笑……

到最後，再附帶條件，對你表示ＯＫ的。」

對倫也而言，那是來自女神的祝福……

對她自己而言，則是向上天發出的挑戰。

「惠，我問妳喔……」

正因如此，倫也就跟著……

「假如我以後，還想認真做這項工作……
萬一，我說要進軍商業領域……」

「那樣的話，惠，妳願意跟著我嗎？
妳願不願意，任職於『株式會社blessing software』？」

以一名魯莽挑戰者的身分，對女神立誓，他將會向天宣戰。

「……這個嘛，假如你肯開條件，我會考慮喔。」
「妳說條件是指？」
「呃，上班時間、福利措施、薪水、一年可以休的假、還有……」
「……喂～」
「騙你的啦……真正需要的契約條件，只有一項。」
「那……那我當然……！」
「絕不半途而廢，就這樣而已。」

「咦……是……是喔？」

儘管她的答覆，大概跟倫也想像的，有一點點差異……

「然後，你不能輸，不能將困難拋諸腦後，還要相信自己到最後，應該就這樣吧？」

「呃，那樣就不只一項了啊。雖然我知道那是最重要的啦……」

唉，不過，顯然只是他自己想得飛躍過頭了。

「沒有問題，妳說的，是我唯一可以保證的條件。」

「那麼，契約成立了喔……往後還請多多關照，老闆。」

「……嗯。」

所以，倫也便沉浸在當下能獲得的一切，都納於手裡的喜悅。

「過年了耶……」

「是啊……」

一直以來，總是為兩人計時的鐘……

在不知不覺中，指到了零時整。

「那麼，休息時間差不多結束嘍。」

「對……對啊……」

顯示出末班電車的時刻，正慢慢地接近。

「那我要趕快洗衣服，然後吸地板……」

「我……我說啊，惠！」

「嗯？」

兩個人，仍然背對著背。

「今……今天是除夕嘛，一般而言，元旦都是要跟家人一起過的……」

「就是啊～」

倫也仍然在背後，感覺到嘴巴上說東說西，卻還不打算起身的惠。

「我家裡父母都在，過年早上就跟他們碰面，或許彼此都會覺得尷尬。」

「哎，就是啊～」

「不過，我可以一大早送妳出門，這樣你們就不會見到面，妳也趕得上回家吃早餐。所以說呢……」

「……所以說？」

「所以，所以，呃，那個……」

「…………」

「或許，妳的父母會生氣，罵我是不讓他們女兒在除夕回家的無賴。」

「……然後？」

「……我在想，妳是不是可以，再多留一會兒？」

「……舉體來說是？」

「……至少，留到早上的，第一班車。」

倫也至今，仍窘於面對那句無法輕易說出口的「留下來過夜嘛」。

不過，那在將來，肯定也會一直持續下去。

一直到，他們迎來某個巨大的契機為止……

「我說啊，倫也。」

「是……是的！」

「其實呢，這裡的年菜，有三道是我做的。」

「……啥？」

「然後，因為我在意你們家吃完會有什麼感想……呃，因為我在意煮得好不好吃，所以說，就必須在這裡多留一陣子才行。」

「……具體來說是？」

「至少，足足要留到明天中午。」

「惠……！」

然而，那都是男方（倫也）自顧方便。

對女方（惠）來說，根本、絲毫、連一丁點都不用去理會……

「那麼，我得先去打掃浴室。」

「我來就好了啦！」

順帶一提，某項傳統行事（開春第一〇）依習俗是在一月二日，因此這不能算在內。

※　※　※

之後，過了一段時間，來到一月下旬——

「欸！這是什麼嘛！」

「上面寫著《寰域編年紀XⅢβ版》呢……」

在這裡有兩名女性，正茫然地望著不死川書店會議室桌上所擺的一片神祕藍光光碟。

「難道說……這就是之前提到的移植版……？」

插畫家，柏木英理，亦即澤村．史賓瑟．英梨梨。

「宣稱要在三月推出，看來是認真的呢……」

小說家兼劇本寫手，霞詩子，亦即霞之丘詩羽。

「慢著！那不就表示根本沒有讓我們驗收嗎！」

「所以才打算拿這片光碟讓我們驗收吧？」

「這樣的話，拖到β版才拿來也太晚了！起碼要拿α版過來嘛！」

「八成是在我們將目前的工作收尾前，都一直藏著吧……萬一東西秀出來，就會忍不住對此出手。我指的是妳。」

一起創作作品實質已達四年，如今在業界廣為人知的知名搭檔……

直到昨天，她們倆都埋首於製作最新作品《獻給我在世上最為重視，卻又得不到的你》的劇場版動畫，當兩個人都累得精疲力盡時，突然就被神祕郵件約出來，聚集到這個地方了。

「妳說藏……是誰藏的？」

「這個嘛，以嫌疑者來說，有馬爾茲、紅坂（紅朱企畫）小姐、町田（不死川書店）小姐，差不多這樣。」

「……這件事妳怎麼看？」

「賭贏的賠率分別是三倍、五倍、一倍吧……」

「那……那……那個裝瘋賣傻的總編～！」

寄了郵件把兩人約來，片刻前才出面迎接的某位總編（町田苑子），在交代「啊，我得出席編輯會議～」之後，明顯是落荒而逃地離開會議室了。

「所以怎麼辦，英梨梨？我倒覺得東西放在這裡，是要委託我們做最後的驗收。」

「最後驗收……可以退回的部分有多少啊？」

「這個嘛，圖都畫完了。台詞的語音也全部錄製完畢……既然如此，頂多只剩演出的部分能稍微置喙吧。」

「那不就等於什麼都管不到嗎！」

「周圍的那些大人本來就不打算讓我們管啊。」

「怎麼會，怎麼這樣……《寰域編年紀XIII》，可是我們消耗靈魂，消耗一切才……」

「……正如我們有我們的隱情，任職於公司的那些人，應該也另有隱情。」

「妳覺得怎麼辦比較好？」

「哎，比如將這段原委反映在下次的作品，替自己出氣。」

「我要問的不是那種低級的報復手法啦。」

「這個嘛……剩下的，就只能賭一賭，看看製作移植版的人，是否跟我們一樣消耗靈魂在這上面了。」

「……妳認為那能夠期待嗎？」

「不管怎樣，我們現在能做的，也就只有確認而已啊……」

詩羽說完，就帶著自嘲般的苦笑，把拿到手上的遊戲光碟片，放進了擺在會議室的主機。

※　※　※

「…………」

「…………」

然後，過了幾個小時……

剛開始，她們每玩到劇情事件就會臭罵劇本和圖像，卻又發現那些仍是自己在兩年前製作的部分而感到尷尬。

「…………」

「…………」

不久，玩到明顯沒有印象的新角色劇情事件以後，她們倆的表情便逐漸空虛……不對，逐漸變得茫然，而且顫抖……

「欸，妳……妳看這個……」

「似曾相識呢……」

「與其說似曾相識，這該不會……」

很明顯的，當中的文字及圖像，跟自己催生的產物有所不同。

然而，卻似曾相識。

像是她們在以前，接觸過的文字，以及圖像。

「……那幾個傢伙，都在忙些什麼啊。」

「明明還有自己的作品非做不可……」

功力仍未成熟，要自稱是她們的代筆仍顯得不知天高地厚。

不過就是有股熱忱，就是有股衝勁，讓人看了比什麼都覺得懷念……

「……雖然不滿意，也只能說ＯＫ吧。」

「……儘管還不成氣候，但我可以容許。」

所以，她們倆一邊微妙地拉高說話的音調，一邊將遊戲玩到了最後。

後記

在Fantastic文庫一年不見了。我是丸戶。

這次由於是《Memorial2》，便將以往發表於各處的極短篇集錦，加上紀念電影《不起眼女主角培育法Ｆｉｎｅ》發片，把電影相關的採訪報導蒐羅集結成為一冊了。話說我聽到要出這本書的消息，是在發售日〇個月前，當時我好不容易將來場者特典小說（共七篇）小說寫完，已經變成了空殼，因此倍加絕望地感到「都沒有聽說耶～（並未串通好）」，不過被ＫＡＤＯＫＡＷＡ公司指正而翻出過去的郵件一看，之前確實是有講好要在發片期間出一本書。這陣子工作的數量逐漸增加，以寫手來說是十分慶幸的狀況，多虧如此，對於各項企畫的期程管理難免有所疏忽，非得想辦法改善這種現狀才行。所以說，往後還請各方相關人士多加提點（全丟給別人）。

於是，當我設法整理出正文內容，像這樣撐到最後一件差事（後記）時，忽然停下筆尋思著該寫什麼才好，不久便想到「啊啊，這麼說來有特別短篇，可以對此寫些感言……」而在提筆的瞬間，我想起編輯部寄來要刊載於這本書的專訪問題清單上，有提到「請對這次的特別短篇發表感言」……呃，這本書可談的內容都被搶走了嘛，這下子要我談什麼呢？

好的，包袱就抖到這裡。所以嘍，我對這本書已經無話可談，在此我想針對目前上映中（初版發售時）的電影《不起眼女主角培育法Ｆｉｎｅ》談一談。

畢竟各位是連這樣的ＦＡＮＢＯＯＫ都願意解囊購買的原作讀者，因此！想必也都會前往觀影（感謝您的支持！），在這裡請容我將劇情全盤攤開來講。至於尚未觀影，或者並無意願觀看此片的讀者，若能麻煩您帶著一副苦瓜臉咂舌將本頁闔上，便屬甚幸（那樣的話我想這本書會有近半內容不能讀就是了……）。

根本來說，ＴＶ動畫全二十五話描繪的是原作第一集～七集＋ＧＳ１共八冊，這次電影涵蓋的範圍則是第八集～第十三集＋ＧＳ２、ＧＳ３的八冊分量，「以同樣片長來拍還需要兩季才夠嘛！」這一點便是不該察覺的真相，多虧如此，我想也會有讀者光火表示：「沒把原作的那一幕演出來是怎麼回事！」若能請您放寬心，當成「那是連動畫也沒有收錄的珍貴情節」……抱歉，這樣拗還是說不過去對吧？

啊，相對地，我可以辯解說「雖然從原作砍掉的部分不少，反觀電影裡也加了滿多原作沒有的劇情喔！」……啊，看到這裡，要是有讀者覺得「這傢伙居然還火上加油！」，若您願意俏皮地數落一句「這樣反而更氣人呢」就能皆大歡喜，懇請配合。

在「最後」加的那一段戲，還有來場者特典小說（共七篇）裡，我自負已將兩年前於第十三集後記當成可能性提及的「跟往後有關的其他故事……比方大學時期的倫也、社會人時期的倫也、或者其他角色的外傳」依約收錄進去，因此請務必蒞臨劇場，能請到各位觀影是我的榮幸。別說看一遍，就算七遍也不嫌多……啊啊對不起，雖然我有自覺這樣做生意真的很下流，然而這就是《不起眼》的常態運作，相信奉陪至此的各位讀者也有深切理解，煩請多多指教。

這次的電影，還有連這本書在內的周邊發展，將是《不起眼女主角培育法》的最後慶典。

儘管無法安排進去的內容不少，但是，希望加的新內容全都塞進去了。

我想這部電影拍得非常不像電影，然而連這一點在內，如果各位可以面帶苦笑地認為「不起眼就是這樣嘛」而樂在其中，便是再榮幸不過的了。

最後，我要對最強的搭檔發表最後一次謝詞。

深崎先生，這陣子你產出的圖遠比我們見面的次數還多，過得還好嗎？

因為接下這份工作的關係，又讓你多繪製了新圖，實在抱歉。

往後還請保重身體（我說真的），願你能活躍得長長久久。

我也會加油。

那麼，各位讀者……希望我們還會在別處相見。

二〇一九年　秋

丸戶史明

惡魔高校D×D DX.1~DX.5 待續

作者：石踏一榮　插畫：みやま零

各式委託與色色的每一天
交織而成的短篇集登場！

兵藤一誠忙到翻過去了！變成惡魔之後的我這一年來評價急速攀升，胸部龍也是大受歡迎。不過，萊薩和曹操想找新夥伴，亞瑟一行人想參觀駒王學園等，一堆人都來找我幫忙，害我每天忙得不可開交！然後甚至還得保護瓦利的黑歷史筆記──!?

各 **NT$180~220/HK$60~73**

靠神獸們成為世界最強吧 1~5（完）

作者：福山陽士　插畫：おりょう

忽然有小寶寶叫狄歐斯「爸爸」？
跟神獸的冒險故事來到精彩高潮！

某天早上，忽然出現的小寶寶艾菈把狄歐斯認作爸爸，使神獸們遭受衝擊。狄歐斯讓陷入混亂的神獸們冷靜下來，打算在找到艾菈的父母之前先跟大家一起照顧她。於此同時，鳥籠解放者的攻擊更為猛烈，再加上加芙涅得神的降臨，事態急轉直下──

各 **NT$200~220/HK$67~73**

史上最強大魔王轉生為村民A 1~3 待續

作者：下等妙人　插畫：水野早桜

為了消滅歧異點，大魔王回到古代世界？
「前魔王」的校園英雄奇幻劇第三集！

教育旅行途中，自稱神的存在突然出現在亞德等人面前，將他們丟到古代世界！為了回到現代，他們前往見過去的亞德——瓦爾瓦德斯。與勇者「莉迪亞」及從前的部下們重逢造成混亂連連，同時出現另一個號稱「魔王」的人物，讓一切益發費解……

各 **NT$220~240/HK$73~80**

魔術學園領域的拳王 1~4（完）

作者：下等妙人　插畫：瑠奈璃亞

決定魔術師的頂尖地位，
無可匹敵的校園戰鬥劇終幕！

柴闇確定能以團體資格參加全領戰後，揚言要參加接續而來的個人戰，沒想到他卻忽然被師父焰逐出師門。雖然柴闇獲得了大幅度的成長，但再繼續下去，也只不過是「黑鋼」的劣質山寨品。走投無路的柴闇在焰不知情的狀況下，借助了仇敵的力量……

各 **NT$220~240/HK$73~80**

這是妳與我的最後戰場，或是開創世界的聖戰 1~6 待續

作者：細音 啓　插畫：猫鍋蒼

女王暗殺未遂事件的混亂不斷擴大，危機接踵而來！
魔女布下的天羅地網即將大大敲響鐘塔上的掛鐘！

伊思卡一行人加緊腳步前往涅比利斯王宮，皇廳第一公主伊莉蒂雅則是以第三公主希絲蓓爾僱用帝國軍為護衛一事作為要脅，將伊思卡一行人招待到了名為別墅的鳥籠之中。愛麗絲擔心希絲蓓爾的安危也趕赴到別墅，三姊妹就此齊聚一堂……

各 **NT$220~240/HK$73~80**

最終亞瑟王之戰 1~3 待續

作者：羊太郎　插畫：はいむらきよたか

奪回棲身之所，摧毀虛假正義——
此刻正是梅林覺醒之時！

人總是在失去重要寶物之後才懂得珍惜。受到率領魔女與崔斯坦卿，打著「正義」口號的亞瑟王候選人——片岡仁的襲擊，瑠奈身受瀕死的重傷。透過曾經是湖中貴婦的冬瀨那雪協助，凜太朗前往探尋真正的力量，與身為魔人的另一個自己展開對峙！

各 **NT$250/HK$83**

專業輕小說作家！ 1~2（完）

作者：望公太　插畫：しらび

宅男大膽向辣妹告白，
會被當成噁宅還是變成現充!?

「嫁給我吧。」神陽太向擔任助手的青梅竹馬結麻，坦承隱藏多年的心意，兩人的關係產生決定性的變化——同時陽太開始為後輩小太郎展開特訓，以便將她從「不講道理的輕小說界」裡拯救出來！沒加班費又忙到爆肝的輕小說作家青春戀愛喜劇！

各**NT$220/HK$73**

國家圖書館出版品預行編目資料

不起眼女主角培育法 Memorial 2 / 丸戶史明作；鄭人彥譯. -- 初版. -- 臺北市：臺灣角川, 2020.12-
冊；　公分. -- (Kadokawa fantastic novels)

譯自：冴えない彼女の育てかた Memorial 2
ISBN 978-986-524-122-3(第2冊：平裝)

861.57　　109016570

Kadokawa
Fantastic
Novels

不起眼女主角培育法 Memorial 2

(原著名:冴えない彼女(ヒロイン)の育てかた Memorial 2)

2020年12月10日 初版第1刷發行
2024年4月17日 初版第3刷發行

作者:丸戸史明
插畫:深崎暮人
編輯:Fantasia文庫編輯部
譯者:鄭人彥

發行人:台灣角川股份有限公司
總監:呂慧君
總編輯:蔡佩芬、朱哲成
主編:林秀儒
設計指導:陳晞叡
美術設計:吳佳昫
印務:李明修(主任)、張加恩(主任)、張凱棋、潘尚琪

發行所:台灣角川股份有限公司
地址:104台北市中山區松江路223號3樓
電話:(02)2515-3000
傳真:(02)2515-0033
網址:www.kadokawa.com.tw
劃撥帳戶:台灣角川股份有限公司
劃撥帳號:19487412
法律顧問:有澤法律事務所
製版:巨茂科技印刷有限公司
ISBN:978-986-524-122-3